Cuatro mil días y veinte segundos

Gerardo Selva Godoy

Diseño y diagramación: Adams J Ruiz.

©Gerardo Selva Godoy
Portada: Jorge Eduardo (Chino) Campos,
    Oleo sobre lienzo
Editorial Kamuk,
Asociación de Escritores y Editores de Pérez Zeledón

Consejo Editor y Productor:
    Alberto Fonseca Ureña
    Eugenio Guerrero Cordero
    Ilieth Barboza Gamboa
    Marta Barboza Valverde
    Adams Ruiz Ruiz

Agradecimientos

Dedico esta novela a los estudiantes de la Escuela del Valle de Pérez Zeledón, Costa Rica. Que durante muchos años fueron mis alumnos en la materia de artes dramáticas. Junto a ellos disfruté y con ellos fui aprendiendo el arte de crear historias para ser contadas, primero como obras de teatro, luego como video-películas y ahora como narraciones. Los personajes de esta novela vienen con los nombres de muchos de ellos principalmente los de la generación 2019.

Agradezco a Sonia Díaz Corrales por ser mi maestra en el arte de narrar.

A don Alberto Fonseca Ureña por sus revisiones y muy puntuales consejos.

A Sensei Rafe Martin por permitirme utilizar El Oso Azul y Los Kinaras Tristes, las he tomado de las historias jatakas (Vidas anteriores de Siddhartha antes de convertirse en Buda) que él ha recopilado y reconstruido en sus libros.

A Franz Kafka por ser fuente de inspiración y a quien hago un homenaje utilizando su Gran Teatro de Oklahoma de la novela El Desaparecido, además de sus personajes El Trapecista de la historia El Primer Sufrimiento, Josefina la Cantante, La Pequeña Mujer, Brunelda y Gregorio de La Metamorfosis.

"Ya sé que muchos no creerán que un niño de casi once años pueda sentir esto. Para ellos no escribo mi historia: se la cuento a los que conocen mejor al ser humano."
De la novela Demián
de Hermann Hesse

Los once años de Guillermo

Guillermo de la Fuente contaba los días de su vida desde que se dio cuenta que se iban y no regresaban. Cuántos habían pasado desde que nació, le preguntó a Lusmilda, su nana. Ella tomó un papel y un lápiz y sumó: son dos años y nueve meses. Y eso cuánto es en días. Mil, dijo Lusmilda y de ahí él siguió contando. Le gustaba contar los días más que los años porque sabía que todos eran diferentes, cada día que pasaba traía algo nuevo, aunque nadie más lo notara. La forma en la que el viento movía las ramas de la reina de la noche frente a su ventana era siempre diferente, paulatinamente sus flores pasaban de botones a flor completa, luego empezaban a perder color y aroma hasta llegar a podrirse. Observar era una diversión que Guillermo consideraba importante en su vida. Rompía la monotonía. La escuela le aburría, no entendía por qué había que memorizar tanto nombre de ríos, de montañas y de ciudades.

Cada mañana, Ivanov, el chofer ruso, hombre maduro, de pelo plateado, alto, piel blanca, salpicada de pecas, lo llevaba en una lujosa limusina a la escuela, a él y a su hermana Marna. Él hablaba ruso y también español. Guillermo, entraba al auto, se sentaba en el asiento de atrás y veía por la ventana pasar el mundo, el tiempo y el espacio. Marna había aprendido que a Guillermo no le gustaba hablar mucho, comprendía y respetaba su forma de ser, sentada al otro extremo del asiento trasero de la limusina intentaba entablar conversación, le preguntaba cosas que el ruso no sabía contestar, entonces ella también se sumergía en el silencio que reinaba en el automóvil. De regreso a casa después de la escuela, Lusmilda siempre los esperaba en la puerta con un batido de frutas frescas recolectadas en los jardines de la mansión Del Valle. Marna entraba a su cuarto y tomaba el violonchelo para estudiar, era muy dedicada a su instrumento el que había empezado a tocar a los cuatro años, Guillermo entraba en su cuarto y leía, tenía una biblioteca llena de libros de ciencias, zoología, astronomía, novelas, recetas de cocina, psicología, devoraba libros, el hábito de leer empezó cuando inició a reconocer letras y palabras, había adquirido mucho conocimiento de los libros, esa era la razón por la que se aburría en la escuela.

Así, con el tenue sonido del violonchelo de Marna, Guillermo leía, leía y leía y Marna tocaba, tocaba y tocaba. Guillermo pasaba los días y las noches en una rutina que solo era soportable por la música y los viajes a mundos lejanos, las aventuras y los exóticos personajes que encontraba en los libros.

El día que Guillermo contó tres mil novecientos noventa y nueve días, se fue temprano a la cama porque sabía que al día siguiente, en su día cuatro mil, la rutina iba a dar un importante giro. Esa noche, entre sábanas y edredones de pluma de ganso, soñó que caminaba por una montaña nubosa, entre árboles y helechos, lianas y musgo, el piso húmedo, con mosquitos y mariposas volando a su alrededor, caminaba con cuidado sobre la arcilla mojada, tapado por las copas de los enormes árboles, el estrecho sendero serpenteaba entre un riachuelo y una colina, no se veía el sol. Una música de espectáculo circense permeaba el ambiente,

Guillermo miró para todas partes buscando la fuente de aquella música tan alegre pero no pudo determinar de dónde venía. Gritos, bombas y motores lo despertaron, abrió los ojos, salió de su sueño con la imagen del bosque en su mente pero, la música continuó, notó que la luz de la ventana tenía un brillo azulado especial, como si viniera de todas partes, no hacía sombras, como si las cosas tuvieran su propia luz, no se sorprendió, bajó de su cama, se acercó a la ventana y miró al jardín. Afuera había una fiesta, gente de todas las edades se servían de bandejas y tazones, todo tipo de frutas y bocadillos, postres y reposterías multicolores, Guillermo los veía apetitosos desde su ventana. Una banda de niños tocaba la música que había oído en su sueño, Marna tocaba el violonchelo, en otra parte del jardín un tiovivo giraba en armonía con la melodía de la banda, en el que ancianos junto a niños muy pequeños vestidos con trajes antiguos que disfrutaban de la fiesta. Por otro lado, otros niños preadolescentes, vestidos de trajes enteros y niñas con vestidos largos, conversaban en grupos mientras comían. Guillermo oyó golpes en la puerta, luego una potente voz dijo con fuerza, Señorito Guillermo, es el día cuatro mil, se ha hecho tarde y usted se está perdiendo lo mejor de la fiesta, él dijo, adelante, la puerta se abrió y apareció Lusmilda, una mujer de grandes pechos, grandes glúteos, brazos como troncos y un peinado bonete que enfatizaba la forma cónica de su pequeña cabeza en clara desproporción con el resto del cuerpo.

Lusmilda había llegado a servir como nodriza a la familia De la Fuente desde mucho tiempo antes del nacimiento de Guillermo, era la mujer que lo había criado, como su segunda madre le había dado de mamar cuando su madre biológica no produjo leche, Lusmilda se había colocado a Guillermo en sus grandes pechos, lo había dejado succionar y como por arte de magia o milagro había producido leche, Guillermo creció fuerte y sano.

Lusmilda entró con paso firme y repitió la frase con la misma contundencia, Señorito, se ha hecho tarde, los saltimbanquis ya han realizado sus rutinas acrobáticas y malabares con fuego, frutas y cuchillos, pero estoy segura que si usted lo pide podrán repetirlos. Escoge su ropa o quiere que yo se la escoja, Decía mientras acomodaba las sábanas y las colchas. Guillermo se dirigió a un ropero y abrió las puertas de madera tallada con volutas y espirales, con símbolos astrales y letras sanscritas, adentro, una interminable fila de pantalones y camisas de colores, encajes y botones. Tomó un pantalón azul tipo torero y una camisa blanca manga larga con vuelos en el cuello y en los puños, de la zapatera tomó el primer par de zapatos de la también interminable fila de zapatos y se dirigió al baño. Cuando pasaba por el umbral de la puerta del baño, Lusmilda dejó de acomodar la cama y dijo, Señorito, hoy no puede tomarse dos horas en el baño como lo suele hacer, la fiesta continúa en el jardín y si no baja pronto se la va a perder, el día cuatro mil es el día más especial para la vida de un niño y usted tiene que estar muy agradecido de que toda esa gente se haya tomado la molestia de venir a celebrárselo, Guillermo no tenía prisa, como si supiera que ellos tenían la obligación de esperarlo. Como respuesta a Lusmilda dejó salir de un golpe el aire de su respiración e hizo un sonido como de impaciencia, luego entró al baño. El baño era de techo alto, blanco, con relieves muy en acorde con las tallas de las puertas del ropero, en una esquina una tina de forma irregular rodeada de helechos, heliconias y orquídeas, con una ducha central en forma de nube que dejaba salir el agua como lluvia tropical, junto a la tina había un paraguas negro, Guillermo se quitó el pijamas, abrió el paraguas, luego el grifo y el agua empezó a caer pesadamente como lluvia. Lusmilda entró al baño y sin voltear a verlo le dijo, Señorito, no es momento de jugar, tiene que bañarse y vestirse porque se va a perder la fiesta, Guillermo se bañó como es debido y salió del baño.

Bajó las escaleras en forma de caracol que daba dos vueltas y media hasta llegar a una enorme sala coronada con un candelabro con cientos de pequeños bombillos, ahí empezó a escuchar con más fuerza la música de circo que continuaba sonando en el jardín.

Lusmilda abrió las enormes cortinas que cubrían la gran puerta de doble hoja que separaba el gran salón para dejar ver el jardín y abrió las puertas, el bullicio mezclado con la música se intensificó. Guillermo, bajó los tres escalones y, en el instante que pisó el zacate del jardín con su pie derecho, la música se detuvo y una horda de periodistas con cámaras fotográficas y cámaras de video lo rodearon. Preguntaban todos al mismo tiempo: ¿ha recibido usted noticia de sus padres? ¿Espera que después de este día él pueda viajar a Tailandia y encontrarse con ellos? ¿Es cierto que hace más de seis años no los ve? Por la cantidad y la insistencia de los periodistas era muy difícil responder, él se hacía esas preguntas todos los días sin encontrar las respuestas, desde que recordaba, su vida aparentaba ser normal, sabía que lo que hacían sus padres era importante y no se lo cuestionaba, así que no respondió, los ignoró, vio a cada uno a los ojos, retándolos, su mirada les decía que no era de su incumbencia lo que pasara en su vida privada y se dirigió hacia las mesas con comida. Tenía hambre. La música retomó su fuerza y el tiovivo reinició su movimiento giratorio, los ancianos volvieron a reír y gritar sobre los caballitos de madera y los niños volvieron a sus conversaciones que parecían importantes porque sus rostros serios así lo indicaban. Lo vieron llegar pero ninguno se acercó a saludarlo pues comprendían que el día era para que brillara solo. Los presentes se veían felices y frescos, aunque eran caras conocidas, no vio a nadie con quien le interesara conversar. Cuando tenía el plato lleno de fiambres, sándwiches, purés, panes, quesos y dulces, al disponerse a comer, escuchó una voz. ¡Felicidades Guillermo!, el día cuatro mil no es un día cualquiera. Guillermo giró con su plato en la mano y vio a una niña un poco más alta que él, delgada, de pelo largo, rubio y ensortijado, ojos celestes, un alto contraste con su figura morena y regordeta.

—¿Te conozco? —Preguntó Guillermo arqueando las cejas.

— Acabas de conocerme, —dijo ella con una sonrisa—, me llamo Aimar, mi padre es Josh Artemisa, aquel que está allá vestido de payaso, él es el productor de la celebración de tu día cuatro mil. Guillermo empezó a caminar hacia un frondoso árbol y Aimar caminó con él. Al pasar frente a un grupo de niños escucharon un fragmento de conversación: —Es imposible creerlo, —dijo uno. —Está en contra de toda lógica y sentido común. —La lógica y el sentido común pueden perfectamente estar alterados por la opinión, —dijo otro. — No es posible, bajo ninguna circunstancia, que hayan seres pensantes, perdidos en las remotidades de la Selva Tropical Húmeda, eso debió haber pasado en tiempos prehistóricos cuando el salvajismo era normal, en que la gente se regía más por su instinto que por sus ideas y opiniones como lo hacemos hoy, —dijo un tercero. Una niña con un sombrero blanco de ala ancha adornado con un canario de papel, secundó la idea, —Eran salvajes, y su comportamiento era muy parecido al de los animales, los movían los instintos más primarios, como el hambre, el sueño, el sentido de defensa y de sobrevivencia. Guillermo y Aimar continuaron su camino, se detuvieron frente al tiovivo, miraron a los ancianos gozar el viaje circular del aparato. Aimar dijo, No te parece maravilloso como un simple tiovivo puede hacernos felices, Guillermo no contestó porque sabía que las cosas no eran tan simples como que un tiovivo pueda hacernos felices, había mucho más que eso, las condiciones, los elementos en juego, hasta la presión atmosférica, la luna, las nubes y las mareas tenían una gran influencia sobre nuestro estado físico y emocional, cada instante tomamos decisiones que nos llevan al momento presente, no era tan general, ni tan rígido el camino, la vida es orgánica, curva, en zigzag, sube y baja y puede en cualquier momento tomar un rumbo inesperado. Pero no iba a decirle nada a Aimar porque eso hubiera significado que la estaba llamando simplista y no quería bajo ningún punto ofenderla, le agradaba su presencia, le gustaba su figura y el timbre de su voz, se sonrojó al pensar que en ese momento había visto nacer un sentimiento que no conocía, la atracción y el gusto de compartir tiempo y espacio con una niña.

La música paró, en los altavoces sonó la voz de Lusmilda, Buenos días, el saludo reverberó por todo el jardín, Buenos días, repitió, porque los invitados, los meseros, los cocineros, los músicos y los malabaristas no paraban de moverse y hablar. Lusmilda esperó hasta que hubo silencio y quietud, solo quedó en el fondo del paisaje el sonido del río que corría detrás del bosque y del viento que en ese momento empezó a soplar y a mover con fuerza las copas de los árboles, las niñas y las ancianas tuvieron que sostener sus sombreros multicolores, las corbatas de los ancianos y los niños ondeaban. Lusmilda repitió por tercera vez: — Buenos días, todos sabemos que hoy es un día especial, nuestro querido Guillermo De La Fuente cumple hoy su Día Cuatro Mil.

Hubo una época en la sociedad en la que ese hecho era inadvertido, pero cuando los científicos descubrieron que el cambio hormonal y emocional de una persona, iniciaba ese día, el Concejo Superior Mundial con sede en Tailandia, votó por unanimidad la celebración del Día Cuatro Mil de cada niño y de cada niña. Como nodriza, institutriz y consejera de Guillermo estoy sumamente orgullosa del niño responsable, amoroso, ecuánime y compasivo que es hoy. Su madre y su padre que han tenido la confianza de dejarlo en mis manos, no han podido unirse a la celebración porque su responsabilidad en el Concejo Superior Mundial, se los ha impedido, mandan su amor y un mensaje escrito para que Guillermo lo guarde en este relicario y lo lleve consigo colgado en su cuello, Lusmilda mostró el relicario en una cadena, Guillermo escuchaba atento, Aimar a su lado al ver que no se movía le tocó el brazo y le susurró, Creo que deberías ir a recibir tu relicario, Guillermo caminó hacia el podio en donde lo esperaba Lusmilda, todos aplaudieron, al llegar, Lusmilda lo abrazó, le dio un beso en la frente y le dio el relicario, Guillermo lo abrió y lo leyó en voz alta, decía: "Honestidad, Transparencia, Esfuerzo y Constancia", una nueva ronda de aplausos llenó el ambiente, mientras Guillermo se lo colgaba en su cuello. Los lanzallamas, los traga espadas, los magos y las bailarinas iniciaron una nueva ronda de espectáculos.

Un narrador de poderosa presencia, de turbante adornado con un enorme rubí, una larga barba gris, ojos verde turquesa que contrastaba con el rojo del rubí, dedos largos que terminaban en uñas también largas pintadas de amarillo, pelo negro y con una capa morada con rayas dorados, hombreras con charreteras, flecos y trencillas que le daban una apariencia muy particular entre militar y mágica, su rostro lo adornaba con una hermosa sonrisa que dejaba ver una fila de perfectos dientes blancos, con una voz grave y sonora se presentó.— Me llamo Hussaim Talib soy gitano, mi abuelo me enseñó a contar historias y cuentos. Y empezó a narrar: Sucedió hace mucho tiempo, en la ciudad muy cerca de aquí, aparecieron personas muy alejadas del sistema establecido por el Concejo Superior Mundial, nadie sabe cómo ni de dónde vinieron, ni cómo se formaron, se conocía de su existencia por sus huellas, no solo las de sus pies sobre el fango y la arena sino por los rastros de comida que dejaban cuando se movían de un lugar a otro como nómadas. El lenguaje que usaban para comunicarse era totalmente gestual, con señas y con la adición de sonidos agudos, graves, guturales, espasmódicos y repetitivos que habían nacido de la mera necesidad. Por ejemplo, los ojos y la boca muy abiertos, y la lengua salida con un gemido grave y contundente, significaba no estar de acuerdo con lo que estuviera pasando en ese momento. Y así los mismos ojos y la misma boca abierta pero moviendo la lengua con un sonido parecido al de un motor, significaba, mejor me voy de aquí porque estoy empezando a enojarme. La historia alrededor de estos personajes estaba muy ligada a la historia de la humanidad, el sentimiento de soledad, contrarrestado por la solidaridad y el compañerismo, antídotos contra las enfermedades causadas por el abandono, mantenían un orden promovido y sostenido por sus líderes, el delicado equilibrio de ese orden fue repentinamente perturbado y roto con la llegada de intrusos…

Aunque a Guillermo la historia le llamó la atención, tuvo que alejarse porque Lusmilda se le acercó y le dijo, Señorito, el chofer lo espera para llevarlo a su paseo inaugural por la ciudad, es parte del protocolo que usted recorra todos los rincones, reconozca sus calles y avenidas para que cuando necesite desplazarse a realizar los proyectos que le van a ser asignados no se pierda en el laberinto de calles. Guillermo estaba disfrutando de la compañía de Aimar y, de mala gana, tuvo que obedecer, Aimar sonriente, lo vio retirarse. Cuando Guillermo se había alejado unos veinte pasos de Aimar, se detuvo y giró para verla de frente, a los ojos, y le dijo:

—Ha sido un placer conocerte y espero que volvamos a vernos. Ella sonrió y le respondió: —En seis semanas estaré celebrando mis Cuatro Mil días, serás mi invitado especial, ¿vendrás? —Encantado, —respondió Guillermo y siguió su camino hasta la limosina en donde Ivanov, vestido con impecable uniforme azul, zapatos de charol negro y quepis, le abrió la puerta diciendo: —Bienvenido a la sociedad y al mundo de los adultos, señorito, espero que continúe siendo feliz como hasta hoy lo ha sido, seré parte de su vida hasta que por alguna razón de fuerza mayor, deje de serlo. Solo espero que eso nunca pase. Guillermo no supo que responderle porque conocía el inalterable protocolo y se sentó al lado derecho del asiento de atrás. Ivanov arrancó el vehículo y vieron el inicio de los fuegos artificiales con su estruendo de bombas y colorida pirotecnia. La limosina se desplazó por el largo y sinuoso camino que los llevaba hasta el portón metálico con el escudo de armas de la hacienda De La Fuente que se abrió automático al escuchar el ronronear del motor del automóvil.

La ciudad

La lujosa limosina parecía, más que rodar, flotar al desplazarse, recorrió un trecho de bosques y pequeñas colinas en las que grupos de vacas pastaban. Aunque éste era un recorrido que hacía de lunes a viernes, hoy a Guillermo le pareció diferente, sintió la tranquilidad con las que las vacas se alimentaban, respiró profundo y se reclinó sobre el asiento dejando caer todo su peso en el respaldar. Cuando el paisaje tomó forma de ciudad y empezaron a aparecer edificios, Ivanov giró en la dirección contraria a la que le era usual, Guillermo se irguió en su asiento y puso atención, la nueva ruta mostraba otras casas, casi todas de un solo piso, techos de losetas de arcilla quemada con tonos y manchas entre rojos y negros, las paredes también de ladrillos cubiertos de cal con detalles en amarillo, azul celeste, rojo y negro, las ventanas y las puertas estaban enmarcadas con tallas en madera, flores, animales y mensajes escritos con símbolos de la escritura de los antepasados, trasmitiendo la sabiduría ancestral que es común en la gente de los pueblos. Frases como: "El Momento es Ahora", "Si no es hoy, cuándo",

"La Verdad está en la punta de tu nariz", "No hay distancia entre tú y yo", "Soy tú", y muchas más, leía cada mensaje y lo interiorizaba sin analizarlo, sin reflexionarlo, Guillermo no salía de su casa a ninguna otra cosa que no fuera el viaje que lo llevaba a la Escuela de El Mundo, exclusiva para niños de familias de los jefes supremos de la sociedad. Nunca había visto esta parte de la ciudad, conocía el centro donde se ubicaba el comercio y los edificios de los representantes del Concejo Superior Mundial no esta parte, en donde vivían los obreros, los artesanos y los agricultores.

El cambio en la mente, el corazón y el cuerpo, que iniciaba el Día Cuatro Mil, Guillermo lo había percibido en el instante que abrió los ojos, con el efecto de la luz que entraba por la ventana que no era normal y la música de la celebración en el jardín. El fenómeno, se fue extendiendo poco a poco a todas las cosas, a los sonidos, a las sensaciones, al contacto del agua de la ducha en la piel, la voz de Lusmilda que aunque fuerte y contundente como siempre, él la escuchó más melodiosa, como si cantara al hablar y cuando Aimar apareció y se sintió entre nervioso pero contento, sintió en sus entrañas el cambio irreversible que lo iba a llevar hacia lugares muy cercanos y al mismo tiempo lejanos, por la poca relación que tendrían con su vida hasta hoy, iba a conocer a personas que enriquecerían su vida, a experimentar nuevos sentimientos, nuevos pensamientos e intensas emociones. Esa sensación de cambio radical y profundo fue leve y sutil, una especie de intuición que no llegó a ser clara y se fue tan rápido como llegó. De repente apareció una una enorme iglesia con dos torres redondas totalmente cubiertas de mosaico, con paredes en espiral que se erguían hacia las alturas dando la impresión de no tener fin. —Detente, —ordenó Guillermo a Ivanov—, ¿qué hay dentro de ese edificio? Ivanov se tomó un par de segundos para responder, se detuvo y sin abrir la puerta respondió: —Es la Catedral de Nuestra Señora de la Compasión. —¿Cómo es que yo nunca la había visto?, —preguntó Guillermo frunciendo el ceño. —Es el monumento que recuerda el deber de todos de aliviar el dolor ajeno, usted no lo había visto porque nunca pasamos por aquí para ir a la escuela. Guillermo abrió la puerta de la limusina y caminó hacia la puerta principal de aquel enorme y colorido edificio cuyas torres se perdían entre las nubes. Contempló las altísimas columnas que sostenían el techo, las paredes que se extendían hacia el este y hacia el oeste estaban cubiertas de vitrales, y al fondo, en la pared este, un gran altar de oro y plata con la figura de una mujer de pie coronada con un moño triangular en su cabeza, sostenía una vasija vuelta boca abajo de donde salía agua cristalina que caía formando una cascada sobre una pila a sus pies donde el agua se perdía, en la otra mano, una rama de trigo, detrás una luna llena que cubría casi toda la pared de fondo y bajo sus pies un enorme loto blanco. El edificio estaba en silencio y parecía vacío, el sonido de la cascada sorprendentemente era suave, casi no se oía el agua al caer, el aire se sentía fresco y liviano en contraste con el calor de la calle, toda la atmósfera estaba permeada de una vibración casi imperceptible con los oídos pero muy clara en el cuerpo y se le erizó la piel, caminó despacio por el centro del edificio, percibiendo todo, la figura de Nuestra Señora de la Compasión se hacía cada vez más grande a medida que se acercaba, cuando llegó tan cerca vio sus pies, se sintió deslumbrado no solo por el tamaño de los pies que bien podían ser tres veces su altura sino por su belleza, cada dedo, uña, textura y forma eran perfectas, vio los enormes pies por varios minutos antes de continuar con su vista el recorrido hacia arriba pasando por el vestido lleno de flores, sus manos igual de bellas y perfectas que sus pies, la vasija y la rama de trigo y cuando llegó a su rostro, se quedó sin aliento. Un golpe seco lo hizo saltar y lo sacó del estado emocional al que lo había llevado la figura, giró hacia atrás para buscar la fuente del sonido y vio una niña que cuando sintió la mirada de Guillermo se escondió detrás de una columna, Guillermo sintió necesidad de acercársele a la niña, caminó tan rápido como pudo, casi corría, cuando la tuvo frente a él no pudo hablar por el impacto que le causó ver que era Aimar, la niña que acababa de conocer en su fiesta, tenía los mismos ojos celestes, el mismo pelo rubio ensortijado, la misma boca, la misma nariz, pero su ropa eran harapos, sus dientes sucios, sus pies descalzos también sucios. Cuando se recuperó de la sorpresa logró balbucear en tono de pregunta: ¿Aimar? Ella, igual de sorprendida se le acercó en silencio y le dio un abrazo mientras susurraba uno, dos, tres, cuatro, cinco hasta llegar a veinte, un abrazo fuerte y firme y al mismo tiempo delicado y tierno, que produjo en Guillermo una emoción, un sentimiento que nunca había experimentado, se sintió seguro, amado, los veinte segundos más tiernos de sus cuatro mil días de vida, luego ella dio media vuelta y corrió a la salida, Guillermo, por la sorpresa y por el bello sentimiento que le dejó aquel abrazo, quedó petrificado y cuando finalmente pudo moverse, la niña había desaparecido fuera del edificio. Guillermo también salió corriendo y vio a Ivanov esperando recostado sobre la limosina y le preguntó: —¿Has visto salir a una niña de la catedral? —Sí. —Para dónde se fue?, —Por ahí, —Ivanov señaló la esquina norte de la catedral. Como Guillermo corrió en esa dirección Ivanov le gritó: —No, señorito, no, por ahí no vaya solo, es peligroso, muy peligroso. Guillermo ya había doblado la esquina e Ivanov no sabía qué hacer, no podía dejar la limosina sola ahí, parqueada en media calle, tampoco podía dejar ir solo a Guillermo, se mesó los cabellos en signo de desesperación y confusión y optó por esperar.

Guillermo dobló la esquina y frente a él apareció una calle con casas iguales, muy diferentes a las que había visto antes, éstas eran todas de ladrillos pintados de blanco, con cuatro escalones que terminaban en una puerta en arco con un colorido vitral, dos ventanas en el piso de abajo y dos ventanas en el piso de arriba, la calle se perdía en línea recta hacia el horizonte. De las casas salían y entraban personas muy elegantes, en la calle los autobuses se llenaban de gente, madres jóvenes, abuelas y abuelos que sacaban a pasear a sus perros, con niños en cochecitos e infantes que correteaban gritando, parejas de enamorados y vendedores ambulantes con carritos llenos de frutas o verduras. Guillermo se detuvo a ver ese mundo que no conocía.

Analizó cada detalle y cuando vio todo lo que tenía que ver, el sol estaba en el cénit, sintió gotas de sudor que bajaban por su frente. Al recordar a la niña, buscó en su mente una razón por la que la buscaba, no la encontró, sin embargo siguió buscándola con la mirada, sin éxito. A paso lento un poco desilusionado regresó a la limosina donde Ivanov estaba impaciente y preocupado, al verlo, lo abrazó y le dijo en un tono tranquilo tratando de esconder su molestia: —Señorito, no vuelva a hacer esto, la ciudad puede parecer segura, pero detrás de esa tranquilidad hay gente que le puede hacer daño. Guillermo no contestó, subió a la limosina, cerró la puerta y bajó el vidrio de la ventana serio y meditabundo. Ivanov arrancó el motor y le preguntó: —¿Continuamos señorito? Su respuesta fue contundente. —No, llévame de nuevo a casa.

Hussaim Talib

La fiesta no había terminado, la música todavía sonaba, el tiovivo continuaba girando, los malabaristas tiraban espadas y un grupo de bailarinas hacían coreografías aéreas colgadas de telas multicolores, giraban, bajaban y subían, se columpiaban velozmente acercándose sin tocarse en movimientos caleidoscópicos que vistos desde abajo parecían flores, estrellas o copos de nieve. Guillermo se bajó del automóvil, Ivanov siguió hasta la cochera en donde una fila de Ferraris, Mercedes Benz, Camaros, Hummer y BMWs algunos con cero kilómetros esperaban ser usados.

Guillermo caminaba mecánicamente un poco enojado, un poco frustrado, algo triste y bastante confundido, llegó hasta donde Hussaim Talib narraba rodeado de ancianos y niños escuchando lo que parecía el final de su historia, Cuando las hermanas finalmente se encontraron, primero se vieron directamente a los ojos y las miradas penetraron en la profundidad de sus almas, ahí cada una experimentó todo lo que había vivido la otra en los más de cuatro mil días que habían estado separadas. Esa noche, en la comunidad hubo fiesta, una enorme hoguera iluminaba la percusión colectiva que movía los pies, las cabezas, las manos y los corazones de los niños. Todos eran felices porque la experiencia vivida por la colectividad los había hecho sabios. El final de la historia, lo marcó el tono y la cadencia de la última frase. El público explotó en un aplauso, Hussaim Talib hizo varias reverencias con el sombrero en la mano y con otra explosión de aplausos cerró el espectáculo que también cerró la fiesta. El altoparlante dejó salir la voz de Josh Artesmisa, Esperamos que la fiesta haya llenado sus expectativas, que la comida haya sido de su gusto y que Guillermo de la Fuente, de hoy en adelante sea una persona útil a la sociedad y que enorgullezca al país y al mundo.

Los invitados empezaron a desperdigarse en todas las direcciones, unos hacia el bosque y otros hacia el parqueo, solo quedaron los trabajadores que desarmaban el tiovivo, los cocineros recogiendo los platos y los restos de comida en los platones y en los tazones y las bailarinas aéreas doblando las telas.

Guillermo seguía confundido, miró hacia la mansión y en una de las ventanas del tercer piso observó a Lusmilda que desde ahí, inmóvil observaba todo con rostro grave. Guillermo caminó hacia la casa dejando atrás la fiesta moribunda, subió los tres escalones que hacía solo unas horas había bajado, entró a la mansión y se tiró en un sillón, entrecerró los ojos y se durmió. Soñó con la ciudad, con la Catedral de Nuestra Señora de la Compasión, no se dio cuenta que detrás de él había entrado Hussaim Talib que al verlo dormido no quiso interrumpir su sueño no tenía prisa y se quedó de pie, esperando a que despertara. Un rato después, al abrir los ojos Guillermo vio a Hussaim Talib frente a él, sorprendido, se irguió: ¿Usted es Hussaim verdad? Hussaim respondió con otra pregunta: —¿Puedo sentarme? Y antes de que Guillermo respondiera, apareció Lusmilda, ejerciendo el poder, que tenía desde hacía seis años, de tomar todas las decisiones que tuviera que tomar para el beneficio del niño, respondió sin permitirle a Guillermo responder. —No, no puede sentarse señor Talib, usted fue contratado para entretener a niños y ancianos durante la fiesta, usted sabe que solo puede desplazarse por los jardines, no tiene autorización ni derecho para entrar a la mansión. —Pero, lo que necesito hablar con el señorito Guillermo es importante. —No, ya le he dicho que no y debe irse inmediatamente, seguramente tiene otros compromisos que cumplir y se le hará tarde, por favor salga. Y señaló la puerta con la mirada.

Hasta ese momento Guillermo aun amodorrado por el sueño, no medía la importancia ni sospechaba cuáles eran las consecuencias del mensaje que Hussaim Talib le traía y guardó silencio. Husaim Talib esperó unos segundos para que Guillermo anulara la orden de Lusmilda y le permitiera quedarse. Lusmilda subió un poco el volumen de su voz y repitió con vehemencia: —He dicho que se retire. Talib se sintió desarmado por el poder de Lusmilda y ofendido sin voltear hacia atrás se alejó por el enorme jardín. Cuando Guillermo pudo reaccionar y analizar lo sucedido, resonó en su mente la historia que Talib había contado. Cuando las hermanas finalmente se encontraron, primero se vieron directamente a los ojos y las miradas penetraron en la profundidad de sus almas, experimentaron todo lo que habían vivido en los cuatro mil días que habían estado separadas. —Pero, lo que necesito hablar con el señorito Guillermo es importante, se levantó y salió a buscarlo, Lusmilda no podía impedirle hablar con él, cuando lo logró ver, la figura de Talib se veía pequeña en la inmensidad del jardín a punto de entrar al bosque. Guillermo le gritó varias veces: —Talib, Talib, Talib. Él ya iba lejos y desapareció tras la arboleda.

Guillermo presintió que el mensaje de Hussaim Talib era importante, lo intuyó, era como un presagio que le decía que

Talib sabía algo importante que él tenía que saber, algo en relación a Aimar y la niña de la Catedral. La historia de Talib terminaba con dos niñas que se encontraban y él, ese día cuatro mil había conocido dos niñas en circunstancias muy diferentes pero tan parecidas que no cabía duda de que eran hermanas gemelas. Guillermo se preguntaba. La historia de Talib, su interés por decirle algo, la negativa de Lusmilda de no permitirle hablar, tenía todo esto relación con esas niñas.

Entró de nuevo a la mansión, subió a su cuarto. Ya era tarde y pronto sería de noche. Encendió una luz cerca de su cama y fue a su biblioteca, recorriendo con su mirada cada volumen, buscó sin saber qué buscaba, leía cada título, El Imperio Romano y recordó a Rómulo y Remo, los gemelos fundadores de Roma, luego encontró el Popol Vuh y recordó a los gemelos Hunahpu e Ixbalanqué entre los Mayas, su mirada se detuvo en un libro de psicología, lo tomó y lo abrió y en la primera página y leyó: El abandono puede ser físico o emocional, es la carencia de afecto que experimenta un individuo en las etapas muy tempranas de su vida, tiene graves consecuencias ulteriores, especialmente si se produce durante el segundo semestre de vida, el síndrome del abandono, como una alteración psicopatológica, tiene como característica la angustia y una fuerte necesidad de seguridad. Guillermo cerró de un golpe el pesado volumen y lo devolvió al estante, siguió buscando, su dedo índice se detuvo en Robinson Crusoe, lo tomó y se tiró en la cama con el libro, aunque ya lo había leído al menos dos veces lo empezó a leer, solo leyó la primera página, no pudo continuar, lo puso en la mesa de noche, entrecerró los ojos y recordó el sueño que había tenido esa mañana, la selva tropical, la música circense y la fiesta. En su recorrido por los sucesos del día resaltaron las imágenes de Aimar y la niña de la catedral, sus rostros se posaron en su mente y aceleraron su corazón, cuando recordó que Aimar lo había invitado a la fiesta de su Día Cuatro Mil, sonrió.

La siguiente parada en su memoria fue el relicario inscrito con el mensaje de sus padres, no se detuvo mucho ahí porque la historia inconclusa de Hussaim Talib lo intrigó, sintió una enorme curiosidad por conocer el final. Luego el viaje en la ciudad, la Catedral de Nuestra Señora de la Compasión y la aparición de la niña copia exacta de Aimar, también deseó volver a verla. Finalmente recordó el sueño que tuvo tirado en el sillón antes de hablar con Husaim Talib, Nuestra Señora de la Compasión, cobraba vida, el vaso que sostenía en la mano derramaba agua que caía sobre él, luego ella con un soplo secaba la humedad de sus ropas, se sentaba junto a él y lo colocaba en su regazo, cantaba una canción: —Naciste para ser feliz, vive para servir y muere para vivir. Cuando la imagen de aquella enorme mujer se inclinó para darle un beso en la frente observó que el rostro era el de Aimar o la niña harapienta, la emoción que lo embargó en el momento del abrazo, lo inundó de nuevo. Y otra vez se preguntó la razón por la que Talib quería hablar con él, por qué Lusmilda no lo dejó hablar, Por qué se fue si era tan importante lo que tenía que decirle. Como un eco insistente las preguntas empezaron a martillar su mente, se repetían ad infinitum, subían y bajaban de volumen, susurraban y desaparecían para otra vez volver. En ese estado y ya cansado de preguntarse cosas que por ahora no iba a poder responderse, tomó a Robinson Crusoe y siguió leyendo.

La escuela

Después de la fiesta, el tema de contar los días dejó de ser una costumbre, asistió a la escuela, se reencontró con sus amigos, se aburrió con las clases de historia que él ya conocía. El profesor un hombre levemente encorvado, de rostro y manos arrugadas, ojeras, de traje entero gris que hacía juego con su pelo y barba también grises, inició una disertación sobre las culturas Chinas y Árabes, de cómo, estas culturas de ancestral tradición, habían producido extraordinaria arquitectura, poesía, pintura, música, teatro y como contraste tenían una cantidad exorbitante de niños abandonados, eran millones de niños que deambulaban por calles, alcantarillas y bosques, tratando de sobrevivir de basura, plantas silvestres, la caza y la pesca. A Guillermo le entró curiosidad y preguntó: —¿Hay niños abandonados en nuestra tierra? El profesor sin saber si decir la verdad o mantener la publicidad del gobierno, le respondió con otra pregunta: —¿Alguien ha visto en algún lugar a un niño o niña abandonado, sucio, hambriento, enfermo sin la posibilidad de ser curado? Los estudiantes guardaron silencio, inseguros, confundidos por una pregunta que no se habían esperado. Guillermo lo pensó y recordó a la niña que vio en la catedral, pero no estaba seguro de sí era una niña abandonada porque aunque se veía sucia y harapienta, no pudo hablar con ella y decir que era abandonada podía perfectamente ser un error. El profesor cambió el tema y habló de la tradición oral de los Derviches Danzantes del medio oriente, que desde antes de que la escritura fuera creada en Mesopotamia con las tabletas de arcillas con las letras cuneiformes, la historia se había trasmitido de boca en boca por medio de personas especializadas que de tanto oírlas las memorizaban, historias fundamentadas en hechos o nacidas de la imaginación y eran contadas a las nuevas generaciones que las trasmitían a las siguientes.

Llegó la hora del recreo. La escuela era un lugar paradisíaco, tenía jardines de flores y orquídeas de todos los colores, setos de amapolas, poblaban el lugar árboles esculpidos en formas de pájaros, de elefantes, de mariposas, de perros, de gatos, hasta de dinosaurios, verdes e inmóviles, en el centro, un lago de regular tamaño al que llamaban Lago de Los Cisnes, nadie sabía por qué, porque nunca había habido cisnes en ese lago. Guillermo se sentó a leer, había traído su Robinson Crusoe, disfrutaba leerlo nuevamente, había algo en la historia con lo que se identificaba y le producía empatía, se sentía Crusoe y vivía con él todas sus aventuras. Cuando iba por el momento más desesperante de su soledad y Crusoe encuentra a Viernes, entendió algo que no había notado las otras dos veces que había leído el libro, se golpeó la frente y dijo en voz alta: —La soledad. Sonó el timbre que llamaba a regresar a clases, cerró el libro, pero el tema de la soledad no se cerró, quedó dando vueltas y se unió a las otras preguntas que giraban en espirales y en círculos en su mente.

En el aula de clases, niña Laura, una profesora, alta y espigada con unas gafas enormes que cubrían casi la mitad de su rostro y solo dejaban ver sus labios pintados de rojo y una nariz aguileña, era la encargada de guiarlos por las matemáticas, puso en la pizarra la fórmula de cómo encontrar el volumen de un cuerpo sólido y empezó a narrar la historia del grito de Arquímedes. El rey le había pedido a Arquímedes encontrar la cantidad de oro que se había invertido en hacer su corona y al meterse en su tina para bañarse vio subir el volumen del agua, en ese momento se le ocurrió la fórmula para encontrar el volumen de un cuerpo, entonces salió corriendo por la calle, desnudo y gritando "eureka" Los niños reían por tan peculiar historia y hacían chistes. En la puerta del aula apareció el director, ataviado con su toga marrón y su birrete, al verlo llegar, como gesto de respeto, callaron y se pusieron de pie, firmes. Junto a él estaba una niña, solo de reojo pudieron algunos notar que venía vestida con un vestido azul, blanco y negro con un detalle de rojo en el cuello. Cuando el director caminó hacia el frente con la niña, pudieron ver su rostro sonriente, su pelo nítidamente peinado en dos trenzas que terminaban en un par de lazos blancos. Era Aimar, el corazón de Guillermo se aceleró, todos los sonidos del aula se apagaron para él y en su frente empezaron a formarse gruesas gotas de sudor, se puso pálido, se le nubló la vista, se iba a desmayar pero el director dijo casi de inmediato, pueden sentarse. Ya sentado el sudor frío empezó a disminuir, las palpitaciones de su corazón poco a poco se normalizaron, sacó un pañuelo, se secó el sudor de la frente y pudo escuchar, Aimar es su nueva compañera, de ahora en adelante les solicitó como favor para la institución, que la traten como a una hermana, como si ella también fuera parte de la escuela desde siempre. Gracias a sus buenas notas, su interés por el estudio y su sobresaliente inteligencia la hemos aceptado para que ella también sea parte de nuestra historia y engrandezca su nombre. Un empleado entró con un pupitre y lo colocó justo a la par del de Guillermo, Aimar se sentó, acompañada de una sonrisa lanzó una mirada de complicidad a Guillermo.

El director se fue, la profesora pidió a cada uno presentarse y así lo hicieron. Valeria la primera, nacida bajo el signo astral de Libra, muy introvertida, no habló hasta que la profesora le insistió: —Soy soñadora, no me gustan las bromas ni los chistes, aunque parezco seria y casi nunca sonrío, llevo una sonrisa por dentro, soy positiva, me gusta la acción, los deportes y la actuación, encuentro fascinante transformarme en personajes, lejanos a mi realidad, me gustaría ser combatiente ninja, también me gusta pintar y tocar guitarra. Juliette, de ojos grises, delgada, de anteojos dijo: —Hablo cuatro idiomas, cuando me enojo hablo alemán, cuando estoy triste inglés y cuando estoy feliz español, escribo y declamo poesía en latín, practico la danza moderna y la esgrima. Aunque mis padres me dieron como nombre Juliette, prefiero que me llamen Harriete porque amo las novelas de Harry Potter y cuando sea grande voy a ser hechicera, mi mejor amiga es Marna la hermana de Guillermo, cuando la visito canto y bailo con ella. Luego siguió Elvis, pequeñito, fogoso, fuerte pero cortés: —Soy Elvis, aunque soy gordito, también soy delgado porque soy Elvis Delgado, padezco de asma, tengo una personalidad secreta, cuando estoy solo en mi casa me pinto la cara como el guasón, cuando sea grande quiero ser comediante y mi mejor chiste aún no lo he encontrado, estoy trabajando en él, pero no lo he terminado, llevo cuatro páginas y todavía no me hace reír, si no lo logro, lo convertiré en una novela corta y en vez de comediante me haré escritor, y sonrió a carcajadas. Bailo Square Dance pero en una versión de Round Dance y en vez de hacerlo con pareja, lo hago solo, odio los deportes y me gusta invitar a todos a comer helados. Siguió el turno de Jaidev: —Soy Indio y practico el Hinduismo por lo que también soy hindú, hago yoga desde los tres años y recito el mantra Om Mani Mani, Padmi Yum media hora todos los días al levantarme, este turbante, y señaló su turbante, es el símbolo de mi cultura y mi gente, si me lo quitara sería una vergüenza para mí y mi familia, mi padre es dueño de varios pozos petroleros en el mar de Mármara. Enrique III, pelirrojo ensortijado, pecoso habló en voz baja: —Soy sobrino del rey de España, heredero octavo de la corona española, hace cinco años me trajeron a esta ciudad y a esta escuela y no he visto a mis padres desde entonces, me gusta la escuela y quiero mucho a mis compañeros. Llegó el turno de Guillermo, se puso de pie: —Estoy muy contento de que Aimar esté aquí con nosotros, la conocí el día de la celebración de mi Día Cuatro Mil, su papá es Josh Artemisa, el productor de eventos más grande del país y administrador del Gran Teatro de Oklahoma, me imagino que ella ha viajado mucho y conoce lugares del mundo que nosotros solo hemos visto en libros, de mi puedo decir que no me gusta estar solo aunque paso la mayor parte del tiempo metido en mi cuarto leyendo, los libros son mi compañía, me gusta la música clásica y quiero mucho a mi hermana Marna, me gusta la natación, caminar y los deportes no competitivos ni de enfrentamiento cuerpo a cuerpo, juego fútbol pero esa es una excepción que confirma la regla, el ajedrez me encanta aunque es un deporte de enfrentamiento, lo que lo hace diferente es que el enfrentamiento es mental y yo encuentro que la mente es digna de desarrollar en todo su potencial aunque sea infinito. Creo que la mente es lo único que permanece cuando el cuerpo se disuelve en fuego, agua, aire y tierra. El profesor lo detuvo: —Ya es suficiente Guillermo, ese asunto de la mente ya lo hemos hablado y es un tema de nunca acabar. Y sonó la sirena que anunciaba el final del día de clases.

Al salir de clases Aimar buscó a Guillermo y él a ella, cuando se encontraron caminaron por un largo pasillo cubierto por un techo de colores con postes de madera tallada en espirales que los llevaba hacia la entrada dónde lujosos carros recogían a los alumnos, ninguno de los dos inició conversación, ambos estaban felices de haberse encontrado de nuevo y no había necesidad de decirlo, la amistad iba a florecer en la escuela y sonreían sin hablar. De repente en contraste con el silencio, apareció Marna y llegó haciendo muchas preguntas: —¿Cómo te llamas?, yo te vi en la fiesta del Día Cuatro Mil de Guillermo, llevabas un vestido floreado precioso, ¿te gusta bailar? ¿Por qué no vienes a casa a jugar o bailar? Yo te puedo enseñar. Guillermo sonriente no la interrumpió, ya habían llegado al final de pasillo, Marna vio el Mercedes Benz piloteado por Ivanov y gritó: ¡Mira ahí está Ivanov! Marna se acercó a Aimar le dio un beso de despedida, mientras le decía: —Eres linda, me caes bien y quiero ser tu amiga. Guillermo y Aimar sonrieron. —Nos vemos mañana, —dijeron los tres al mismo tiempo y entonces la sonrisa se hizo contagiosa y en la boca de Marna pasó a ser carcajada.

Guillermo y Marna subieron al auto, Marna continuaba agitando la mano en signo de adiós, Aimar también lo hacía hasta que el auto dobló la esquina y ya no se vieron más. Llegaron a la casa, Marna subió las escaleras, tomó el violonchelo y empezó a tocar.

La niña canasta

Guillermo en contraste, abrió la puerta con prudencia, su mente todavía guardaba la sonrisa de Aimar, en su mente quedaba la luz de sus ojos, el rojo de sus mejillas, el blanco de sus dientes. La voz de Ivanov lo sacó del hechizo: —Señorito Guillermo, esa niña con la que usted conversaba, ¿cómo se llama? —Es Aimar, es nueva en la escuela, —respondió Guillermo. Ivanov comentó: —Esa niña hace muchos años, recién nacida estuvo en todos los noticieros y periódicos. Guillermo extrañado preguntó: —¿Usted cómo la sabe?, de bebé, recién nacida a una niña de casi Cuatro Mil Días hay mucha diferencia. Ivanov respondió: —Una persona puede cambiar mucho, sus ojos no. Cuando vi sus ojos en el periódico eran de un celeste profundo, nunca los pude olvidar y el nombre. —¿Cuántas niñas llamadas Aimar conoce usted?, Ivanov había despertado la curiosidad de Guillermo: —¿Y qué la hizo famosa? —¿Por qué apareció en los periódicos? Ivanov había conseguido la atención de Guillermo y le contó la historia: —En aquella época, hace casi once años, llegué al país desde mi Rusia natal, apenas empezaba a hablar, a leer y a escribir español y por eso me compraba el diario todos los días para practicar, leía en voz alta para mejorar la pronunciación, me hacía gracia cuando el gobierno decía en los periódicos que en el país ya no había gente pobre, alardeaban de haber erradicado la pobreza y que todas las familias eran felices. Yo sabía que eso no era cierto porque en Rusia yo venía de una familia pobre y estaba claro que la pobreza no es tan fácil de erradicar, así que a causa del asunto de "La Niña de la Canasta," El Instituto para la Erradicación de la Pobreza tuvo que revisar sus estadísticas y replantearse sus programas. Lo que los periódicos publicaron fue que la niña había aparecido en la puerta del carromato de Josh Artemisa, un joven de apenas diecinueve años, payaso de profesión que trabajaba en el Gran de Teatro de Oklahoma, la había encontrado cuando regresaba de una función, no vio la canasta aunque sí oyó el llanto, pensó que era un gato, escuchó pasos, el lloriqueo persistió y fue a buscar el origen, revisó entre los barriles de basura, vio la canasta y encontró a la niña con una nota que decía: "Por favor cuide usted a mi niña, yo no puedo, sé que usted lo hará mejor que yo, tiene cincuenta días de nacida y se llama Aimar". Guillermo escuchaba en silencio sin interrumpir, sus pensamientos estaban en la otra niña réplica idéntica que él encontró en la catedral, consideró prudente no mencionarlo. Ivanov continuó: —El suceso de la Niña de la Canasta aparecía todos los días en las noticias y por curiosidad siempre compraba el periódico para enterarme de lo que iba aconteciendo. Resulta que Josh Artemisa, soltero, creo que aún se mantiene así, primero entregó la niña a las autoridades y consideró terminado el problema, porque vio un problema en la responsabilidad de cuidar a una niña recién nacida, regresó a su casa, a su trabajo en El Gran Teatro de Oklahoma, que de gran teatro no era más que el nombre porque en realidad era apenas un pequeño edificio de ciento cincuenta metros cuadrados con un elefante desnutrido, un cocodrilo sin dientes, Brunelda, una mujer gorda que por gorda no podía caminar y la trasportaban en una silla de ruedas de madera, el payaso Tropezón, ese era Josh, una bailarina que giraba sobre una bola de madera, Josefina la cantante que más que cantar silbaba, tres enanos, un trapecista que nunca se bajaba del trapecio pasando una crisis de vida, un artista del hambre que mostraba su huesudo cuerpo en una jaula y un enorme insecto que alguna vez había sido hombre llamado Gregorio. Josh se sentía fracasado, infeliz, y al ver a la niña sonreír, su infelicidad desapareció. Por eso, después de devolverla, se empezó a sentir triste, solo, la imagen de la niña se le aparecía en todas partes, el sonido de su llanto lo despertaba en la noche mientras soñaba dándole de comer. Pasaron uno, dos, tres días, la noche del cuarto día, después de oír cantar a Josefina, mientras hacía payasadas en el circo, ahí, frente a las veinte personas que esa noche había de público, rompió a llorar, la gente que lo veía no sabía ni podía imaginar que sus lágrimas eran reales, que eran de tristeza, de soledad, de amor por la niña que había entregado y que ahora le hacía falta como si fuera su propia hija. La gente se reía y lloraba también de risa al ver llorar a Josh de tristeza. Josh salió del escenario porque ya no podía más, el público se puso de pie para ovacionarlo pues nunca habían visto a un payaso llorar de forma tan real. Cuatro veces fue llamado por los aplausos para hacer reverencias al público con lágrimas que bañaban su rostro. Cuando la función terminó Josh ya no tenía lágrimas, se le habían secado de tanto llorar. Esa misma noche tomó la decisión de que a la mañana siguiente iría a reclamar a la niña. Pensó que sería fácil. Las autoridades le dijeron que el proceso de adopción tomaba al menos tres años y que él como hombre soltero de apenas diecinueve con un oficio de payaso tenía muy pocas posibilidades de obtener la patria potestad de la niña. Ahora las noticias eran sobre la lucha de Josh por demostrar que era capaz de cuidar y criar a la niña. Sus declaraciones argumentaban que el encuentro entre él y la niña no era una simple coincidencia sino que era un hecho kármico, que la niña y él habían sido padre e hija en vidas anteriores, que el lunar que él tenía detrás de su oreja izquierda también lo tenía la niña, la forma de las cejas y la nariz y finalmente los ojos celestes y el pelo rubio y ensortijado, demostraban que eran familia desde hacía mucho tiempo. Pidió a las autoridades realizar exámenes. Encontraron que su tipo de sangre era el mismo y que el ADN de ambos era extraordinariamente similar como el de familiares muy cercanos. Los médicos consideraron que no era suficiente para darle la niña a Tropezón. Los periódicos empezaron a llamarlo Tropezón porque consideraban que su historial como payaso era más llamativo para los lectores. Josh pensaba que iba a perder la batalla por conseguir a la niña y pidió más exámenes, radiografías y cardiogramas que arrojaron un hecho insólito que nadie se esperaba. La niña tenía el corazón a la derecha. Josh al oír la noticia se desmayó, al hacerle exámenes a él, fueron los doctores los que quedaron fríos por el descubrimiento, Josh también tenía el corazón a la derecha. La noticia del descubrimiento apareció en primera plana con letras mayúsculas y en tinta roja. Tropezón y la Niña de la Canasta tienen ambos el corazón a la derecha. Al cuarto día las autoridades en una conferencia de prensa, anunciaron que el Registro Civil le dio el certificado en el que se le concedía la patria potestad de la niña a Tropezón. Le tomaron fotos en su cama de enfermo con Aimar en sus brazos dándole un biberón de leche materna donada por una vecina. Los periódicos publicaron: "La Niña de la Canasta ya tiene padre, es Tropezón y entre paréntesis Josh Artemisa. —Concluyó Ivanov.

Mientras Ivanov hablaba, Guillermo había estado en silencio, interesado y feliz por conocer el pasado de Aimar y concluida la historia, salió del auto, al llegar a la puerta se devolvió, Gracias Ivanov, la historia es fantástica y conmovedora.

Lusmilda

Al entrar a la casa, Guillermo escuchó la música que tocaba Marna, motivo que lo tranquilizó y lo alejó por el momento de los sentimientos encontrados, de las preguntas, de las noticias, de la información y de los descubrimientos de los últimos días. Subió la escalera en caracol disfrutando el sonido del violonchelo, tarareando la melodía de la pieza que se sabía de memoria.

En su habitación, Lusmilda escuchó una puerta abrirse, tenía el oído fino y conocía bien todos sonidos que se producían en la casa porque nunca oía música, exceptuando el violonchelo de Marna, así que supo con certeza cuál puerta de la casa se había abierto y cerrado, era la del frente, sabía que Marna había entrado primero, vio el reloj y supo que ahora era Guillermo, salió de su cuarto y lo vio subir.

Lusmilda era una mujer sola en todo sentido, vivía en la casa pero pasaba la mayor parte de su tiempo en su pequeño cuarto al fondo, detrás de la cocina, era el ama de llaves, la jefa de cocina y la responsable de Guillermo y Marna, había llegado del norte con apenas dieciocho años, nadie había sabido de cual país exactamente pues su acento, cercano al acento de los ciudadanos de Andaluz, era muy diferente al acento español castizo de los señores De La Fuente. Había dejado allá lejos a su madre a quien mandaba casi la totalidad del salario. Pobre desde que nació poseía una sabiduría respaldada por su sentido común y un compromiso inquebrantable con la verdad que era su norte cada día, era la fuente de donde sacaba el poder para decir exactamente lo que tenía que decir en el momento indicado en la medida precisa y en el tono adecuado. El día que la entrevistaron para el trabajo, llegó con una pequeña maleta en la mano en la que traía dos vestidos, dos piezas de ropa interior y un par de zapatos negros de tacón bajo, le preguntaron por qué quería trabajar para ellos, ese sentido de la verdad, la llevó a responder, porque estoy aquí, y esa fue la cualidad que los señores de la fuente vieron y tomaron como referencia para darle el trabajo. Cuando estaba sola, que era la mayor parte del tiempo, Lusmilda leía los libros que encontraba en la biblioteca de Guillermo, aprendió a no pensar, a no opinar sino a actuar, iba de su cuarto a la cocina, hacía lo que tenía que hacer, tomaba la escoba y barría, compraba la verdura en el mercado con Ivanov con quién raramente cruzaba palabra, luego cocinaba alguna de las mil y tantas recetas que había inventado, porque intuitivamente sabía cuál hierba daba el mejor sabor mezclada con otra. Tenía un jardín de cincuenta hierbas que había venido coleccionando desde que llegó hacía trece años. Limpiaba con tal atención y cuidado las repisas, los muebles, los platos y las ollas y todo parecía estar nuevo. Nunca hablaba más de lo necesario. Ya es hora de levantarse. Desea comer huevos con tortillas o cereal. Le escojo la ropa o la escoge usted mismo. La vida privada y familiar de Marna y de Guillermo no eran de su incumbencia, la respetaba y no opinaba ni preguntaba nunca. Era grande de cuerpo, más grande de lo normal, como una venus adiposa, esas que aparecen en los libros de historia de los tiempos prehistóricos, sin mover las caderas ni la cabeza parecía una gigantona de mascarada, tiesa y erguida, de facciones indígenas y pelo extremadamente lacio que usaba en una sola trenza enrollada en un bonete coronando su cónica cabeza. Muchas aspectos de Lusmilda eran un misterio, cuando llegó, nunca dijo de donde venía y cuando le preguntaron de su origen, solo guardó silencio, como si el silencio fuera la mejor forma de describir su pasado. Sí tenía un pasado, venía de un pueblo remoto de cinco mil habitantes enclavado en medio de montañas desnudas de árboles, un pueblo en el que la gente no se comunicaba, vivían encerrados en sus casas de adobe pintadas de cal, las sequías eran largas y los inviernos cortos pero tan intensos que lavaban la tierra arcillosa y teñían los ríos de rojo, parecían ríos de sangre, esa imagen la guardaba Lusmilda como la más fuerte y la más inolvidable. No quería recordar su pasado, ni su gente, ni las costumbres de la sociedad en donde había nacido porque todo lo que recordaba estaba teñido de venganza, de vergüenza, de envidia, de fanatismo, de control y de violencia. Cuando salió del pueblo a buscar un mejor futuro, se llevó solo lo que le cabía en la pequeña maleta. Llegó a la casa de los De La Fuente, la vio y decidió con claridad y certeza que esa sería su casa, su futuro y su vida hasta la muerte. En su mente no cabía ni guardaba un solo pensamiento que no fuera el bienestar de la familia y principalmente de los niños. Era su deber impuesto por la vida y aceptado por ella misma como un dogma incuestionable. Eso se lo había enseñado su madre, cuando sirvas, sirve con todo tu ser, tu cuerpo y tu mente juntos, esa es tu misión y no la cuestiones, y ella guardó el concejo en su corazón como un mandamiento que lo abarcaba todo.

Cuando vio a Guillermo subir la escalera de caracol sus ojos se llenaron de lágrimas, no supo precisar por qué, no sabía si era por amor o por reproche por el sacrificio que significaba vivir en esa casa como una hada madrina que a veces percibía como mala, sin saber por qué, había en su corazón emociones que no lograba entender. Nunca les expresaba una palabra de ánimo, nunca un beso, ni un abrazo, su relación con ellos era fría y ellos lo percibían aunque ignoraran lo que pasaba por su mente, nunca mostraba sentimientos, ni con palabras ni con gestos. Dio media vuelta y regresó a su cuarto. Tenía una pequeña imagen de Nuestra Señora de la Compasión de la que era devota por tradición y por costumbre, sacó un rosario, inició el rezo con el primer misterio glorioso. La Resurrección de Nuestro Señor Jesucristo. Cuando iba por el tercer Ave María se quedó dormida.

Josh Artemisa

Josh Artemisa, el padre de Aimar venía de una familia pobre, campesina, de muchas limitaciones pero tenía mucha libertad emocional. Eran seis, Fedro el mayor, Mirna y Mercedes, Pablo y Zaida. Josh el más chico, era siete años menor que Zaida. En la escuela siempre era el que tenía las mejores ideas para las presentaciones teatrales, le encantaba hacer reír a los compañeros.

Cierto día Fedro y su padre tuvieron un altercado relacionado con una mujer de la que Fedro estaba enamorado. Ella era casada y su padre la consideraba indigna de pertenecer a la familia que siempre se había regido por firmes valores morales y éticos. La mujer que había dejado a su marido por Fedro regresó con él. Fedro lleno de rencor por su padre se había ido a vivir al bosque solo. Uno por uno sus hermanos se fueron yendo de la casa después de Fedro. Josh tenía cuatro años y fue el único que quedó por un tiempo hasta que, con cuatro mil días le dijo a su madre: —Me voy para la ciudad, voy a ser famoso como payaso.

Llegó a la ciudad y encontró El Gran Teatro de Oklahoma, don Barcino Velcrán, el dueño, no lo entrevistó, solo vio su rostro y lo contrató de una vez como payaso. Josh era feo, tenía una frente amplia, tan amplia que hacía que todos los demás elementos de su cara, sus cejas pobladas, los ojos celestes y pequeños muy cerca el uno del otro, la nariz plana, gorda y roja, las orejas grandes y boca pequeña, se amontonaran en la parte inferior de la cara, su mandíbula era ancha, cuadrada y voluminosa. Esa fealdad contrastaba con su carácter servicial, honesto, trabajador y compasivo, cualidades que podían verse en sus ojos de mirada profunda y tranquila. Lo curioso era que esa desproporción, esa cara muy fuera de lo normal que lo sacaba de lo corriente y lo ordinario, se convertía en cualidad cuando se pintaba la cara de blanco, la boca de rojo, las cejas grandes y los ojos delineados en negro. El maquillaje convertía todos los aparentes defectos y desproporciones de su cara en las cualidades de un payaso, era muy divertido verlo, sin decir palabra, sin abrir la boca, la gente solo lo veía y explotaba en carcajadas, luego venían los tropiezos, las caídas, las carreras perseguido por un perro imaginario que le mordía el amplio pantalón. Ese era el Josh Artemisa que una noche cualquiera, un poco aburrido porque la poca gente que concurrió a la función no había reído mucho y su amigo que vivía en el trapecio estaba deprimido, había encontrado a la niña en la canasta.

Ivanov sabía mucho de lo que había sucedido, todo lo que los periódicos habían averiguado y sacado en conclusión, sin embargo no sabían muchas otras cosas que Josh no había dicho, ni los mismos periódicos, ni la policía sabían por qué, habían quedado enterradas en la oscuridad de esa noche como un misterio.

Ivanov no dijo a Guillermo —porque no lo sabía— que la nota que Josh entregó a la policía, no era la nota encontrada en la canasta, la nota original hablaba en plural "Por favor cuide usted a mis niñas"… Al ver la nota en plural con dos nombres, Aimar y Ramia y ver una sola niña en la canasta, Josh Artemisa se sintió confundido, era obvio que en la canasta había una sola niña y su nombre, en un brazalete de papel, era Aimar, sumido en su confusión Josh tomó la canasta entró a su casa con la niña y la nota. La niña lloraba mucho cuando estaba sola, antes de que Josh la encontrara, apenas lo vio, abrió los ojos, dejó de llorar y empezó a sonreír.

Después de regresar del circo, Josh acostumbraba hacer una avena con leche y se la tomaba con un par de galletas de jengibre. Esa noche Josh remojó una galleta en la leche y con una cucharita le dio de comer a la niña, cuando había comido suficiente, ella le escupió la última cucharada en la cara, esto hizo reír a Josh, la limpió, acomodó la canasta junto a su cama y le cantó una canción de payaso, "Estaba una mosca en la pared, pues ahí que se esté, pues ahí que se esté. Llego la araña a comerse a la mosca y la mosca en la pared, pues ahí que se esté. Llego el gato a comerse a la araña, la araña a la mosca y la mosca en la pared, pues ahí que se esté. Llegó el perro a correr al gato, el gato a la araña, la araña a la mosca y la mosca en la pared, pues ahí que se esté…" Cuando Josh iba por el chancho que sigue al perro el perro al gato el gato a la araña y la araña a la mosca, la niña se había dormido. Josh vio que era bella, todo en ella era perfecto, incluso olía muy bien, se notaba que quienes fueran sus padres la habían cuidado con esmero. Pensó en las razones por las que una mujer pudiera abandonar a su hija, no quiso hurgar en su mente para encontrar alguna y tampoco quiso juzgar a esa madre, solo supo que tenía ahí frente a él a una bella niña. Entretenido con esos pensamientos cayó sobre él la verdad, esa niña era una gran responsabilidad, había que seguir dándole de comer, bañarla, cambiarla cuando se ensuciara, tenía que buscar quién la cuidara mientras iba al teatro, muchas obligaciones caerían sobre él. Se levantó de la silla donde estaba sentado viendo a la niña y ahora con rostro grave pensó. No es mi niña, no podré cuidarla, debo entregarla a las autoridades para que busquen a su madre o le encuentren unos padres adoptivos. Como autómata, sin saber por qué ni decidirlo, tomó un periódico, una tijera y recortó las palabras para volver a escribir otra nota que ahora decía: "Por favor cuide usted a mi niña, yo no puedo, sé que usted lo hará mejor que yo, su nombre es Aimar y tiene cincuenta días de nacida" Se acostó y sin poder dormir, el sol de la mañana lo encontró aún pensando. Se levantó, cocinó un poco más de avena, calentó agua y bañó a la niña y decidido salió a entregarla a las autoridades. La niña sonriente, seguía viéndolo, con aquellos grandes ojos azules que él había heredado de su madre. Las gentes que lo veía pasar comentaban sobre su belleza, le hacían peguntas que Josh no sabía responder. Llegó a la Delegación de Policía, de ahí lo mandaron al Concejo Nacional para la Niñez en donde lo interrogaron, él dijo todo lo que sabía y entregó la nota. Cuando contestó la última de las preguntas se levantó para irse. La niña empezó a llorar al verlo alejarse, él no se detuvo ni volteó para verla por última vez, salió a la calle y el llanto de la niña empezó a alejarse, sin embargo en su mente lo seguía escuchando, llegó a su casa, empezó a pintarse para ir al parque a trabajar, a inflar globos y sonreír.

La nota en prural

El origen de la canasta en la que venían las dos niñas de las que Josh encontró solo una, estaba en un pasado no muy lejano, las niñas habían nacido en la profundidad del Bosque Esmeralda, en una casa de piso de tierra, sin agua, sin luz, sin ropa, sin espacio, sin esperanza pero, con mucho amor. Estrella, la madre, una joven saliendo de la pubertad, apenas mostrando en su cuerpo signos de mujer, recogía flores silvestres, sin saber sus nombres, solo veía sus colores y sus formas: amarillas, azules, rojas, violetas y anaranjadas, acampanadas, de cinco pétalos, muy pequeñas, rayadas y de cinco pétalos. Escogía flores redondas, rayadas, oscuras, claras, delgadas, gruesas y matizadas; las juntaba en buqués de acuerdo a su gusto, que a causa de vivir tanto tiempo sola era fino y exquisito. Vendía los ramilletes en las esquinas de la ciudad. Un día la vio un hombre maduro de cara triste, que tamb1én vivía en el bosque y sacaba leña para venderla en la ciudad. Vio su cabello, rubio y enmarañado y su ropa harapienta, ella devolvió la mirada y la sostuvo lo suficiente para que sus almas se tocaran, él se acercó más y cuando estaban tan cerca que podían tocarse, ella tomó la iniciativa y lo abrazó, el abrazo duró veinte segundos, él se estremeció por la emoción de aquel abrazo sincero y cálido y la llevó a su cabaña. Después de ese día, iban juntos a la ciudad, compraban pan, a veces un dulce, galletas y leche. Eran felices. Cuando habían vivido muchos días juntos él le preguntó su nombre, ella viendo hacia el cielo dijo: Estrella, y él, Fedro. Él le contó de su vida, le dijo que tenía un hermano muy divertido y que había conseguido trabajo como payaso en el Gran Teatro de Oklahoma. Ella había aprendido a compartir todo con él, incluso sus emociones. Dijo no saber quiénes eran sus padres, no tenía memoria, no recordaba cómo había llegado ahí. Una noche, sentados juntos en su pequeño refugio, Fedro sintió frío, se acercó a ella, la abrazó y la cubrió con la frazada. El leñador se dio cuenta que estaba embarazada, ella no sabía lo que era un embarazo. Fedro la cuidaba y disfrutaba sentir la criatura en su vientre. Llegó la mañana del día en que los dolores de parto se volvieron insoportables, a la una de la tarde nació una niña, él había visto lo que su padre hacía cuando sus hermanos menores nacían y lo había ayudado a asistir a su madre. Con un cuchillo cortó el cordón umbilical, con un cordón de zapato que había previamente hervido, lo amarró. Los dolores disminuyeron, calentó leche y dio a Estrella un vaso lleno con un pedazo de pan, ella tomó la mitad, no pudo tomarse el resto porque un nuevo dolor la hizo devolverlo y otra criatura mostraba su cabecita buscando nacer. Fedro todavía con la primera niña en los brazos, la puso en la única frazada que tenían y ayudó a Estrella con la segunda criatura. Calentó agua, la dejó enfriar, lavó a Estrella y bañó a las niñas, luego las acercó a su madre. Las llamó Ramia y Aimar.

Pasaron cincuenta días, las niñas saludables ya sonreían y hacían sonidos intentando comunicarse, Fedro recogía leña y también flores que traía a Estrella para que confeccionara los ramos, luego vendía junto con la leña y compraba víveres. Un día regresó de la ciudad muy contento porque había visto un anuncio del Gran Teatro de Oklahoma, pensó que buscaría a Josh para presentarle a su familia, regresó al rancho para contarle a Estrella que irían a ver a su hermano, cuando llegó la encontró enferma, estaba muy pálida, tenía fiebre, las niñas lloraban y Estrella, en vez de producir leche de sus pechos, sangraba. Fedro muy nervioso dio de comer unas patatas a las niñas, las durmió y se preparó para ir a la ciudad a buscar ayuda pero no pudo hacerlo. Estrella cayó inconsciente, él trató de reanimarla con paños de agua fría pero fue inútil, a los pocos minutos murió. Fedro cavó una fosa, colocó a Estrella envuelta en la frazada, cubrió la tumba y le colocó un ramo de flores. Ahora estaba solo con las dos niñas, preocupado recordó que su hermano estaría en la ciudad, puso a las niñas en una canasta, les confeccionó un burdo brazalete de papel con el nombre de cada una, luego escribió una nota, la puso con las niñas y salió a buscar el Gran Teatro de Oklahoma. Encontró el carromato que tenía el nombre de Payaso Tropezón en la puerta y cuando iba a dejarlas frente a la puerta, escuchó gente venir, entonces dejó a las niñas junto al basurero. Cuando se había alejado una poca distancia, se detuvo, pensó en la vida de soledad que le esperaba y supo que no iba a poder soportarla, entonces se devolvió y cerró los ojos para no escoger, tomó a Ramia dejando la nota en plural con Aimar y se alejó en la oscuridad de la noche.

El concejo superior mundial

Los padres de Guillermo eran personas muy cultas, educadas en colegios para personas superdotadas, ambos tenían varios doctorados en ciencias sociales, ciencias naturales y ciencias políticas, las ciencias naturales las estudiaban por entretenimiento y su forma de divertirse era competir haciéndose preguntas, tenían que responder en menos de cinco minutos, podían buscar en las enciclopedias pero la respuesta debía ser comprobada con datos y estadísticas.

Sus conocimientos de ciencias políticas los calificaban para representar al país en el Concejo Superior Mundial y fueron llamados a ese servicio. En esa época Guillermo tenía setecientos treinta días y Marna apenas ciento ochenta y dos. Después de considerar todos los pros y los contras y llegar a la conclusión que ser parte del Concejo Superior Mundial en Tailandia era una responsabilidad ineludible, aun cuando debían hacer el sacrificio de dejar a los niños pues el trabajo y el país no se prestaban para su educación, además, en Tailandia no habría otra escuela como la Escuela de El Mundo, que era literalmente, la mejor escuela del mundo. Lusmilda los tranquilizó les dijo que ella los cuidaría como si fueran sus propios hijos.

El día que los señores De La Fuente se fueron, Guillermo en su cuarto lloró en silencio, Lusmilda con su finísimo oído lo escuchaba, no le gustaba saber que él o Marna estuvieran , entonces usó una habilidad que nunca había necesitado usar, que había heredado de su madre, cantaba como un ángel. Con su voz era capaz de detener una serpiente a punto de atacar, congelarla, hipnotizarla y sabía que cantando iba a sacar a Guillermo de su tristeza y lo iba a tranquilizar. Cantó "La luna se está peinando en los reflejos del río y un toro la está mirando entre la jara escondido, cuando llega la alegre mañana y la luna se escapa del río el torito se mete en el agua embistiendo al ver que se ha ido, Ese toro enamorado de la luna, que abandona por la noche la manada, es pintado de amapola y aceituna y le puso campanero el caporal". Lusmilda cantaba y su canción llegó hasta el cuarto de Marna que dejó de llorar al oírla, tomó el Violonchelo y la acompañó, el dúo de voz y Violonchelo reverberó en la mansión, Ivanov estaba en ese momento lavando la limusina, aquella música celestial lo obligó a detener su tarea y escuchó fascinado. Lusmilda cantaba muy pocas veces y lo hacía en voz baja, encerrada en su cuarto, era la terapia que ella utilizaba cuando la soledad se volvía insoportable, se sabía muchas canciones del folclor de su pueblo, esa del toro enamorado de la luna era su favorita y la cantaba con mucha fuerza, con un timbre y un tono tan sublime que Guillermo paró de llorar y se durmió.

Los señores De La Fuente se establecieron en Tailandia. Guillermo no sabía que hacían sus padres allá, sabía que su trabajo era muy importante para el mundo, que Tailandia era un país budista porque en una de sus enciclopedias vio fotos de Budas gigantes cubiertos con oro, de templos cubiertos de tiestos de porcelanas traídos desde China.

Un día extraordinario

Guillermo se enteró acerca del trabajo de sus padres en la escuela, el Concejo Superior Mundial era muy importante, era tema de Estudios Sociales y expuesto con regularidad por el profesor Christian, él informaba sobre las reuniones de alto nivel que los miembros del Concejo llevaban a cabo para resolver conflictos, para solucionar problemas, para establecer políticas dirigidas a mejorar la calidad de vida de todos los seres, ya fueran animales, plantas o humanos. Aunque Guillermo se sentía a menudo solo y un poco triste porque extrañaba los abrazos y las caricias de su madre y de su padre, también se sentía orgulloso de saber que ellos tenían la responsabilidad de buscar y mantener el bienestar, la armonía y la paz mundial.

La escuela también podía ser divertida, le gustaba la compañía de sus compañeros, escuchar a Valeria tocar la guitarra y cantar, le gustaba mucho cuando lo invitaban a interpretar la escena del muro en el jardín de Romeo y Julieta. Oír a Harriete declamar en latín era un espectáculo porque se notaba que sentía la pasión desde el fondo de su alma en la forma que movía su cuerpo y el intenso sentimiento con el que pronunciaba cada palabra, encontraba divertido verla recoger plantas silvestres con las que, según ella, hacía pociones para espantar mosquitos y culebras y tenía una varita, que ella consideraba mágica con la que podía hacer cambiar de opinión a los profesores, cambiar el marcador de un partido de fútbol y lograr que él la invitaran a comer a su casa, porque le gustaba mucho el pastel de calabaza que hacía Lusmilda para Halloween, en esa fecha también tenía la oportunidad de hacer todo tipo de trucos de magia sin que nadie se diera cuenta, hablaba con fantasmas y resucitaba abejas y lombrices. De Elvis disfrutaba sus chistes, se reía tanto de sí mismo que contagiaba a todos. Guillermo no los encontraba cómicos pero se reía por complacerlo y verlo feliz. Disfrutaba la compañía de Jaidev porque el chico irradiaba una paz que no era superficial sino profunda, tal vez era la práctica del Yoga o la declamación de mantras, nunca perdía la compostura, cuando reía de los chistes de Elvis, solo esbozaba una sonrisa y todos sabían que estaba disfrutando. Sus amigos: Enrique III, Valeria, Harriete, Elvis y Jaidev, le recordaban que él no era el único que extrañaba a sus padres. Enrique III al menos una vez al día mencionaba a sus padres, contaba de algún plato de comida que hacía su madre, de los ingredientes secretos de familia, que ella le había compartido, los rituales sociales de la realeza trasmitidos por generaciones que su padre conocía y que le había trasmitido a él también. Enrique III, muy asentado en sus tradiciones tenía una forma muy específica de asearse, se levantaba todos los días a las cuatro de la mañana, luego hacía un poco de ejercicio y su empleada le traía en una bandeja, el jabón, la toalla y los perfumes y lociones con los que literalmente se bañaba, cuando entraba al aula de clases no había que verlo, el olor a lavanda mezclado con azahares no dejaba duda que era él quien había entrado.

El timbre de salida a recreo sonó como cualquier otro día, sin embargo a partir de esa hora se volvió extraordinario.

Valeria fue por la bola de fútbol, siempre usaba pantalones cortos y una camiseta de color primario, rojo, verde, amarillo o azul intenso, los demás compañeros y amigas entraron al campo de juego detrás de ella, de forma automática se formaron los dos equipos, en uno, Enrique III, Guillermo, Frank y Freud, los gemelos Waterloo, quienes recién habían llegado de Los Ángeles California a quinto grado, hijos de un famoso actor de cine que había encarnado al Hombre Invisible, nunca se supo cómo era su fisonomía porque no se ve en la película, solo se oía su voz y su musculatura de superhéroe se ve una sola vez cuando le cae un saco de harina encima. Los gemelos decían que verse en una película no era importante, lo que valía era que su nombre apareciera en el cartel publicitario puesto en todas las autopistas y en los afiches en los cines, además ya habían contratado a su papá para hacer la segunda entrega de la franquicia y en la número dos su papá iba a poder verse porque había un momento en el que se le terminaba el compuesto químico que lo hacía invisible y villano. El Hombre de Arcilla, que puede cambiar de forma a su antojo, le había robado la fórmula. Los gemelos Waterloo, hablaban todo el tiempo de rescates y peleas, su actitud era más la de antihéroes que querían dominar al mundo que la de héroes que querían salvar a seres en peligro. Eran muy buenos para jugar fútbol, Valeria y Guillermo, capitanes rivales, se los peleaban. Elvis tuvo la idea de poner uno en cada equipo, a ellos no les gustaba jugar separados porque, cuando frente a frente, les tocaba pelearse la bola, prefería que otros jugadores la tomaran para seguir jugando. Los gemelos vestían iguales, los jugadores de los equipos no sabían cuál de los dos era el que enfrentaban. Elvis se quitó la gorra y se la dio a Frank para diferenciarlo de Freud. Marna y sus amigas del tercer grado hacían mucho ruido con tambores y trompetas de juguete, el grupo de niñas no tenían muy claro a cuál de los equipos apoyaban porque sentían que eran amiga de todos por igual, pero hacían torres humanas y daban volteretas cada vez que cualquiera de los equipos anotaba un gol. El partido estaba muy reñido aunque nadie llevaba la cuenta de cuantos goles había anotado cada equipo, al igual que las niñas porristas todos celebraban la anotación de cada gol como si ese gol significara un gran trofeo. Jugaban con el corazón, corrían con el alma, defendían su portería como su propia vida y la bola pasaba de un niño a otro tan rápido que podía perderse de vista. Y se perdió de vista, en un momento que Guillermo la pateó, se fue a dar al agua de la pequeña laguna. Sin pensarlo Aimar se quitó los zapatos y se metió a sacarla. Los niños boquiabiertos se congelaron al ver lo que Aimar había hecho, las niñas porristas dejaron sus pitos y tambores, los jugadores caminaron lentamente en un profundo silencio a ver aquello, una estudiante en las aguas prohibidas. Aimar tranquila sin enterarse de nada se secó los pies con las medias, se puso otra vez lo zapatos y tomó la bola. Cuando venía caminando con la bola para entregarla a Valeria sonó la sirena que señalaba el final del recreo.

En clase todos entre susurros comentaban, Aimar aún no se enteraba de lo grave de su acción. La clase empezó con el profesor Cristian de Estudios Sociales quien dio por terminado el tema de El Concejo Superior Mundial y pasó al tema del Bosque Esmeralda y la Laguna Negra. El profesor había iniciado diciendo: El Bosque Esmeralda y La Laguna Negra son parte de la tradición folclórica de nuestra gente. Se han tejido todo tipo de fantasías e historias mitológicas alrededor de esa área geográfica que abarca mil kilómetros cuadrados de extensión e inicia en la zona norte de nuestra ciudad. Hoy vamos a estudiar la topografía de esa región y vamos a analizar las razones por las cuales esas historias se han inventado, su fundamento científico y sus raíces populares, el profesor Christian no había terminado de decir, sus raíces populares, cuando en la puerta apareció el director ataviado con su eterna toga negra y su birrete, lanzó una mirada aguda al grupo y dijo: durante el recreo ha sucedido algo grave, muy grave, hizo una pausa larga para dar importancia a la siguiente frase. Una estudiante ha roto una regla de la institución, todos aquí saben que las reglas no son para irrespetar, las reglas son para obedecer, están formuladas tomando en cuenta las experiencias previas, que nos han enseñado que los peligros por todas partes acechan y amenazan a nuestros estudiantes. El director hizo otro largo silencio. Todos ustedes aquí presentes saben de qué estoy hablando y voy a pedir a la persona responsable de esa falta que por favor pase adelante y confiese. Nadie se levantó, nadie dirigió la mirada a Aimar porque estaban petrificados. Guillermo se acercó a Aimar y le susurró, creo que debes ir adelante, Aimar de inmediato reaccionó y se levantó, caminó hasta el frente, el director continuó. Hace muchos años, tantos que he perdido la cuenta, en esa laguna se dio una tragedia, quedó escrita en los diarios de la institución como la tragedia más grande jamás acontecida en el país. Un grupo de niños y de niñas sin pedir permiso, ni contar con vigilancia ni protección entraron a la laguna para divertirse, a uno de los niños le dio un calambre en la pantorrilla, empezó a gritar porque no podía salir, entonces una niña se metió para tratar de sacarlo, el niño en su desesperación se aferró tanto a la niña que la ahogó, otro niño hizo el mismo intento para sacar al niño acalambrado y corrió la misma suerte y así dos niños y dos niñas más murieron, el niño del calambre también se ahogó, los cinco cuerpos fueron sacados de la laguna y la tristeza aún permanece en nuestros corazones. El silencio en el aula era total. Lo único que pudimos hacer para evitar una nueva tragedia fue establecer la prohibición con la excepción del catorce de abril en el que celebramos el día de la fundación de la Escuela y realizamos la competencia de botes de remos. Todo parece indicar que Aimar por ser una nueva estudiante aún no ha leído el manual de instrucciones, reglas y prohibiciones en el que en letras en negrita subrayadas dice, "Ningún estudiante niño puede entrar a la laguna bajo ningún pretexto, el castigo será la expulsión por un período de quince días y si la falta se repite una segunda vez será expulsada de la institución de forma permanente". Enrique III poniéndose de pie dijo. Creo que hay una atenuante en la falta que Aimar cometió, debe tomarse en cuenta que a un día de su llegada no se puede esperar que conozca todas las reglas y prohibiciones, Guillermo también tomó la palabra. También debemos considerar que, la razón por la que Aimar entró a la laguna fue, hacer una buena acción, recuperar la bola que de otro modo habríamos perdido. Fue movida por el deseo de hacer un bien, Aimar empezó a ponerse nerviosa y tratando de mostrarse tranquila habló. Muy poco puedo hacer para revertir lo que hice, de hecho no puedo hacer nada, sin embargo hay cosas que sí puedo decir. Siento mucho lo que hice y estoy agradecida de que esta vez no hubo tragedia que lamentar, prometo que voy a leer esta noche todo el manual de reglas y prohibiciones y prometo que seguiré las indicaciones al pie de la letra. Pido disculpas por lo que hice.

La muerte de Barcino Velcrán

Habían pasado casi cien días, desde que Josh Artemisa recibió a Aimar en formal adopción con la enorme responsabilidad de cuidarla, alimentarla, educarla y criarla. Sentado en un taburete en su cocina, vio a la niña todavía durmiendo en la canasta, se levantó y preparó su habitual avena con leche, la compartió con ella, mientras comía pensaba. El dinero que gano en el Gran Teatro de Oklahoma, hasta hoy ha sido bastante, pero esta avena con leche pronto no será suficiente porque ella va a crecer y sus necesidades van a ser cada vez mayores. Necesito un aumento de sueldo, al fin y al cabo soy una de las atracciones principales del teatro. Para no dejarla sola, envolvió a la niña en una frazada dentro de la canasta y la acostó dormida en su camita.

Barcino Velcrán, el dueño, presentador, domador de fieras salvajes y animador en el teatro, esa noche presentó al Payazo Bombazo y pidió una ronda de aplausos. Josh entró corriendo, fingiendo miedo y asustado por el famoso perro invisible que lo hacía caerse, que le mordía el pantalón y no lo dejaba en paz, de repente, a lo lejos, desde su camerino escuchó el llanto de Aimar, sus antenas de payaso se irguieron y sus sensores llevaron las lágrimas de la niña hasta su corazón, el público no escuchaba nada más que la música y los efectos de los sonidos de golpes, de bombazos y de tropezones. Josh Artemisa no solo percibía el llanto de la niña. Entonces en un arranque de desesperación abandonó el escenario y corrió al camerino. Ahí encontró a Brunilda la mujer gorda en su silla de ruedas tratando de calmar a la niña sin lograrlo. La entrada de Josh al camerino y el silencio de la niña fueron simultáneos. Josh a toda velocidad, dio las gracias a la inmensa mujer por sus esfuerzos, tomó la canasta, corrió de vuelta al escenario en donde Barcino Velcrán. Pálido y nervioso trataba de tranquilizar al público que gritaba, Tropezón, Tropezón, Tropezón. Al verlo entrar con una canasta, el público dejó de gritar y un pesado silencio reinó en todo el circo. Don Barcino lentamente caminó hacia atrás y esperó. Josh aún agitado por la carrera de los últimos dos minutos, miró a su alrededor sin saber qué hacer, entonces la niña que aún no había sido vista por el público empezó a hacer un sonido, una especie de canto, ni afinado, ni rítmico, sin sentido ni melodía, pero claramente un sonido de naturaleza musical. El silencio terminó roto por la resonancia de aquel arrítmico y desafinado canto de la niña, el volumen era bajo pero suficiente para ser escuchado por los pocos espectadores. Entonces Josh corrió hacia Don Barcino Velcrán, le quitó el micrófono y lo acercó a la niña, el canto se amplificó, Josh, junto a ella, empezó a cantar a dúo haciendo otra melodía totalmente disonante. El dúo de voces arrítmicas, a contratiempo y desentonadas llegó hasta las vísceras del público haciéndoles cosquillas, todos empezaron a reír, las bailarinas que esperaban detrás de bastidores para continuar con su espectáculo también reían y salieron a bailar en círculo alrededor de Josh y Aimar, la multitud se puso de pie en ovación.

Para cerrar el espectáculo sin despedirse y dejar al público en un clímax, Josh con la niña en brazos, se escabulló sin ser visto, agachado entre las bailarinas. Ellas continuaron con su baile, se colgaron de sus telas, poco a poco la gente dejó de reír y disfrutaron del siguiente número, la danza aérea.

La función de aquella noche fue inolvidable. Después de salir del escenario, la niña había continuado cantando en todo el recorrido hasta el camerino, ahí Josh la observó, la escuchó con cuidado y atención y entró en una especie de trance místico en el que comprendió que la niña había llegado a su vida para engrandecerla. Un rato más tarde, la niña ya dormida, tres golpecitos en la puerta del carromato sacaron a Josh de su trance, abrió la puerta, era don Barcino Velcrán aun vistiendo su traje de gala parado frente a él. Puedo entrar, preguntó. Josh abrió más la puerta y cuando entró don Barcino, lo primero que hizo fue buscar a la niña y la observó dormida, viéndola, muy seguro de lo que hablaba dijo: creo que ha nacido una gran estrella, el público lo ha visto y lo ha confirmado con sus risas y aplausos. Josh aprovechó la oportunidad. Usted cree que si incorporamos a la niña al espectáculo podría aumentarnos un poco el sueldo, después de todo su participación va a atraer más público. Don Barcino guardó silencio, se sentó con la mirada baja, tratando de no encontrarse con los ojos de Josh, tenía, vergüenza, miedo y frustración que no quería mostrar a Josh para no opacar su felicidad, empezó hablando muy bajo, como si no quisiera decir lo que tenía que decir, Josh creyó que lo hacía para no despertar a la niña, se le acercó para oírlo mejor y vio que lloraba, no lo interrumpió y esperó a que desahogara lo que fuera que tenía que purgar. Don Barcino enjugó sus lágrimas y habló más fuerte, El Gran Teatro de Oklahoma ha sido mi vida, nací aquí y esperaba morir frente al público. Desafortunadamente no me queda mucho tiempo. La vida es cruel y a veces nos lleva a otro final que no es el que planeamos.

El Gran Teatro de Oklahoma tiene que cerrar, dijo otra vez con lágrimas en los ojos. Esta noche ha sido la última, me duele tanto que haya sido la que tu querida hija haya debutado como una estrella. Barcino sin haber levantado la mirada durante todo su monólogo finalmente miró directamente a los ojos de Josh, como sí el haberse sincerado y dicho toda la verdad le concediera el derecho de verlo a los ojos, y se fue, lento y pausado igual que la cadencia de su monólogo que no apresuró, como si por ser un trago amargo hubiera que tomarlo a gotas. Al abrir la puerta sintió en su rostro una leve llovizna que más que llovizna era una espesa neblina. El tiempo transcurría despacio, casi se había detenido. Josh trató de pensar que hacer, la situación era en apariencia desesperada, trajo al recuerdo los momentos en los que la voz de Aimar resonaba bajo en el redondel del teatro y junto a su voz habían producido la explosión de risas y alegría. Feliz, saboreando el recuerdo se durmió.

Desde las cuatro de la mañana del día siguiente los pregoneros de los periódicos gritaban en las esquinas el titular de la primera plana, "Niña de tres meses estremece audiencia con su canto", "Nunca visto ni oído el grandioso espectáculo del Gran Teatro de Oklahoma", "El payaso Tropezón y su hija Aimar deslumbran la audiencia".

A esa hora de la madrugada Josh y Aimar aún dormían, los despertaron los golpes en la puerta. Restregándose la cara con una mano y con Aimar en el otro brazo, Josh abrió, el sol pintaba el cielo de tonos naranjas, púrpuras y amarillos, Josh entrecerró los ojos para poder apreciar quien era, Frente a él estaban, Brunelda la mujer gorda, Josefina la cantante, el Artista del Hambre, las bailarinas, los malabaristas, las contorsionistas y Gregorio el hombre insecto que había pedido salir de su jaula para acompañar al grupo, casi todos excepto el trapecista que no quiso por nada, bajarse del trapecio. Brunelda, en su silla de ruedas lideraba al grupo. Qué pasa, preguntó Josh con el ceño fruncido tratando de ver mejor. Estamos acéfalos, el teatro se cierra, dijo ella. Ya lo sé, dijo Josh, don Barcino me lo dijo anoche, e intentó entrar otra vez al carromato, ni siquiera he podido pensar que voy a hacer. Don Barcino está muerto, continuó diciendo la mujer gorda. Escribió una nota, aquí está, la redactó hace unos días, no había tenido el valor de entregarla, anoche después de que habló con usted, murió de un ataque al corazón con la nota en sus manos. La mujer le entregó la nota, él la leyó en voz baja. "Aunque todo parece que está mal, sé que yo soy el que está mal y el que lleva al teatro a pique. Voy a morir, lo he sentido en la médula de mis huesos desde hace unas semanas. No sé cuándo será pero sé que será pronto, no quiero que El Gran Teatro de Oklahoma muera conmigo. He podido pagar los últimos salarios porque he vendido unas joyas que pertenecían a la familia, pero algo va a suceder para que todos los miembros de esta familia que hasta hoy se ha llamado El Gran Teatro de Oklahoma sigan llevando felicidad a los niños, a los abuelos y a todos los que necesitan un poco de alegría. Como última voluntad, quiero que sea Josh Artemisa quien tome las riendas del Teatro porque llegó a buscar trabajo como payaso cuando apenas era un niño de cuatro mil días recién cumplidos y no he conocido a nadie, después de mí, que tenga el corazón más grande y completamente puesto al servicio del Teatro, estoy seguro que él logrará sacar a flote la empresa y que bajo su dirección volverá a surgir la grandeza que un día tuvo El Gran Teatro de Oklahoma.

Josh levantó la vista y se encontró con los rostros sonrientes de todos sus compañeros, desde ese día empezó a manejar los espectáculos y paralela al circo, creó la empresa productora de celebraciones de Los Cuatro Mil Días.

La fiesta de Aimar

Guillermo, ya no usaba el paraguas negro para bañarse, no jugaba dos horas con el agua ni duraba mucho en escoger la ropa, su incentivo ahora era encontrarse con Aimar, la sola idea de que iba a estar a su lado, ver su sonrisa y oír su voz era todo el aliciente que necesitaba para alistarse. Lusmilda notó el cambio, pero manteniendo la tradición de no entrometerse en los asuntos de los niños, no comentó. Como siempre Ivanov lo llevó a él y a Marna a la Escuela de El Mundo, la emoción era visible en su rostro que brillaba sonrosado, se bajó del automóvil, dio dos pasos y se detuvo para buscar a Aimar, no la vio por ninguna parte y desilusionado se dirigió a su aula de clases, a medio camino se detuvo de nuevo y realizó una nueva inspección, no quería darse por vencido, quería verla antes de entrar a clases. Cuando pasaba debajo de un árbol en forma de dinosaurio la vio, ella también lo vio. Al encontrarse, no pudieron contener el impulso y se abrazaron, el abrazo, igual en intensidad, ternura y duración que el de la niña de la catedral, también lo impactó, por un momento se sintió mareado por el efecto, Aimar le dio un sobre que contenía la invitación a la fiesta de su Día Cuatro Mil que se realizaría en quince días. Guillermo leyó la dirección: Bosque Esmeralda, costado sur de la Laguna Negra, frunció el ceño y arqueó las cejas. Aimar vio la expresión de sorpresa en su rostro, sonó el timbre de entrada a clase.

El profesor Cristian de Estudios Sociales inició diciendo: "el tema de El Bosque Esmeralda y de la Laguna Negra que iniciamos ayer lo vamos a profundizar hoy, vamos a analizar los mitos y realidades que lo rodean. Es un lugar famoso por la cantidad de leyendas que se tejen a su alrededor, avistamientos extraterrestres, apariciones de espíritus indígenas, extraños animales mitológicos, entre muchas otras cosas que unos tienen como mitos y leyendas, mientras que otros los confirman como la más legítima verdad. La Laguna Negra es muy profunda, comprobado científicamente, se ha medido con batiscafos, tiene cien metros de profundidad, se traga toda la luz que le llega por lo que su color siempre es negro, parecido a un hueco negro en el espacio sideral. Aimar levantó la mano. Ni mi papá, ni yo creemos en ese montón de historias, nadie ha visto nada porque tienen miedo de acercarse, queremos desmitificar todas esas historias." El profesor preguntó, Qué piensan ustedes al respecto. Alguno de ustedes conoce a alguien que se haya internado en ese bosque, que tenga información de primera mano, que haya visto a esos seres mitad pájaro mitad humano, Jaidev levantó la mano para hablar: —En India existen muchos animales como elefantes, monos y serpientes que pueden tener características de dioses, no veo por qué no pueda haber en un bosque, seres con cualidades físicas y mentales diferentes a nosotros. Aimar dijo: —Es un buen momento para visitar el bosque, es una lástima que un lugar tan bello no pueda ser disfrutado por la gente común, voy a hacer ahí la fiesta de mi Día Cuatro Mil, aquí tengo las invitaciones, puedo repartirlas. Guillermo dijo a Aimar en voz baja, eso es una locura, nadie va a ir, por miedo, Aimar ignoró el comentario y dio una tarjeta a cada uno:

—¡Quien no vaya se perderá la fiesta más extravagante, creativa e inolvidable del mundo!

En el recreo siguiente el sentimiento general era de entusiasmo y curiosidad porque al fin y al cabo era una oportunidad para vivir una gran aventura. Los gemelos Waterloo tenían unos trajes especiales camuflados, botas contra serpientes y gorras tipo casco de seguridad para protección, dijeron que habían estado en África y en el Amazonas y se habían enfrentado a pigmeos en África y reductores de cabezas en Perú. Harriete dijo que ella solo ocupaba su varita mágica para defenderse de cualquier cosa sobrenatural, que esa era su especialidad. Valeria dijo que ella no iba, que no le interesaba el peligro ni la aventura en la que pudiera perder si no la vida, la razón. Elvis dijo que una oportunidad como esa no se la iba a perder, que llevaría su cuaderno para escribir una crónica y Enrique III dijo que iba a solicitar escoltas para que lo llevaran alzado en un asiento con toldo.

La noticia corrió por toda la escuela como pólvora ardiente, Marna y sus amigas porristas llegaron en tropel pidiendo, rogando a Aimar que las invitara. Aimar no estaba preparada para tal reacción y les dijo que iba a consultarlo con su papá. Al día siguiente trajo más invitaciones y fue tal el alboroto en la escuela que el director la llamó nuevamente a la dirección. Ella como siempre muy segura de sí misma le dijo: —Es mi fiesta y tengo el derecho de invitar a quien yo quiera, he puesto en cada invitación un número de teléfono y un RSVP que significa: repondé si vous plé o sea responda por favor. —Yo sé lo que RSVP significa, —dijo el director perdiendo la paciencia. —Entonces los papás o encargados de cada uno de los invitados tomará la decisión de permitirles ir o no, —dijo Aimar con calma.

Cincuenta niños de toda la escuela respondieron con un sí, solo diez respondieron, "No gracias, hay compromisos que no me permitirán asistir", aunque era obvio que no era por compromisos por lo que rechazaban la invitación sino por miedo a los seres mitad ave, mitad humanos, por los extraterrestres, por las serpientes y los osos azules. Mientras se acercaba el día, el entusiasmo crecía y algunos de los que habían rechazado la invitación habían logrado cambiar la opinión de sus padres o encargados y regresaban con un: "Logramos cancelar algunos compromisos y sí, podré asistir a tu fiesta". El número subió a cincuenta y cinco. Si se sumaba la cantidad de invitados, los malabaristas, los cocineros, los meseros, los saltimbanquis y las bailarinas el número de personas en el bosque ascendía a ciento veinte, una cantidad de gente nunca vista en el Bosque Esmeralda al que siempre si acaso llegaban uno o dos curiosos que apenas entraban unos cien metros dentro del bosque salían despavoridos al primer sonido extraño.

Guillermo y Marna sabían que Lusmilda diría que no, era una de las personas que creía todos los mitos, especialmente lo relativo a los extraños seres mitológicos, venía de una región en donde las supersticiones eran tema de todos los días y según su madre cuando era apenas una niña de dos años, había sido raptada por unos duendes que la mantuvieron con ellos por tres días, cuando la encontraron estaba sonriente, bien alimentada pero sin ninguna explicación racional de lo que había pasado en esos días. Ella leyó la invitación, arrugó la cara, movió la cabeza en negación y agregó un no contundente y seguro: —Ustedes mis niños no pueden ir, mi responsabilidad no me permite correr ese riesgo, Qué hago yo si unos duendes o unos seres raros me los raptan. Los hermanos se miraron el uno al otro y Guillermo le dijo a Marna: —Ves, donde manda capitana no mandan marineritos. Subieron cabizbajos a sus cuartos. Marna a su Violonchelo y Guillermo a su Robinson Crusoe.

La preparación de la fiesta

Tres días antes de la fiesta, todo el elenco y el equipo de producción llegaron al bosque para limpiar los lugares en donde se iban a ubicar los tiovivos, los malabaristas y saltimbanquis, los cocineros y las bailarinas, nadie observó nada extraordinario. La presencia de mosquitos, de ranas, de chicharras y los cantos de los pájaros era normal. Después de un rato de trabajar, algunos empezaron a preguntarse el objetivo de tal empresa, porque aunque era cierto que la fiesta era para la hija de Josh Artemisa, podría haberse realizado con igual pompa en uno de los hermosos parques que las autoridades locales habían diseñado para el esparcimiento de los habitantes o en una de las bellas playas que rodeaban el país, empezaron a cuchichear y sucedió lo inevitable, los rumores llegaron a oídos de Josh. Muy tranquilo, como siempre, ecuánime y paciente reunió a todos los trabajadores y dijo, Solo quiero que sepan dos cosas, la primera es que será una fiesta que nadie olvidará y la segunda, es que el renombre de El Gran Teatro de Oklahoma pasará a la historia como el mejor productor de eventos de cumpleaños del país. Y para cortar de una vez por todas de las habladurías que no producen ningún beneficio voy a darles por este evento un bono de un veinticinco por ciento de su salario normal. Los trabajadores aplaudieron y regresaron a sus labores.

El día anterior a la celebración los invitados recibieron una circular que contenía los detalles, las condiciones, la dirección, las reglas y las formalidades de la fiesta. Tres buses saldrán de la Escuela de El Mundo a las siete en punto de la mañana, a las siete y media todos los invitados deberán haber abordado los buses, nadie debe llevar ningún tipo de bebida ni comida pues El Gran Teatro de Oklahoma las estará proveyendo, en caso de que alguien desee transportarse por medios privados la dirección es: dos kilómetros al este de la Catedral de Nuestra Señora de la Compasión luego deberán dirigirse al norte, hasta atravesar la montaña azul continuando hacia el este, al llegar al otro lado de la cordillera encontrarán un rótulo que señala la entrada al Bosque Esmeralda, ahí, los empleados del circo estarán esperando hasta las ocho de la mañana para conducirlos. Todos los asistentes deben entrar juntos porque El Gran Teatro de Oklahoma no se hace responsable de pérdidas o de accidentes si no se encuentran protegidos por el equipo de seguridad de la productora. Las reglas, pocas y sencillas, deben ser acatadas para mantener la seguridad pues la tendencia general es la de creer que el bosque es inseguro, muchos de los niños y niñas vienen con una alguna inseguridad y eso hace que puedan cometer errores que no queremos lamentar.

Guillermo tenía un plan y no mostró la circular a Lusmilda ni a Ivanov.

El día de la fiesta

El día de la fiesta, al salir para la escuela Guillermo y Marna se despidieron de Lusmilda con toda normalidad. En la escuela, Ivanov notó un aire fuera de lo normal, preguntó a Guillermo y él dijo no notar nada diferente, que de seguro era él quien miraba las cosas raras. Cuando los dos niños De La Fuente vieron alejarse el automóvil y finalmente lo perdieron de vista, con una sonrisa de malicia corrieron a un bus que detrás del muro de la entrada estaba a punto de cerrar la puerta, el chofer los dejó subir sin preguntar pues en la escuela no quedaba nadie, los que decidieron no ir, se quedaron en casa. Los niños saludaron a sus compañeros y entonando una canción iniciaron el camino hacia el Bosque Esmeralda.

A las ocho en punto, como planeado, los vehículos se parquearon en la entrada del bosque. Ahí había un estrecho y muy tosco sendero, abierto para que los invitados entraran a pie, a ambas orillas se amontonaban las ramas y troncos que habían sido cortados para abrirlo. El callejón estaba resguardado por una fila de hombres disfrazados como centuriones romanos con lanzas en sus manos y sandalias en sus pies, cascos y capas a la usanza del siglo II antes de cristo que daban al paisaje un aire de seguridad y misterio, mezcla exótica aderezada con los sonidos de los pájaros, las palmeras, las heliconias, los helechos, las aves del paraíso y el riachuelo que pasaba formando pequeñas cataratas paralelas al camino, los musgos cayendo de las ramas de los enormes árboles, era como transitar por un extraño planeta que la mayoría de los visitantes jamás había visitado. Todos caminaban con miradas de asombro, con sonrisas de alegría y con sus corazones emocionados por ser partícipes de la primera gran aventura en el Bosque Esmeralda. Listos para celebrar el Día Cuatro Mil de Aimar Artemisa.

Media hora después de haber empezado a caminar, el grupo dejó de hablar y el silencio intensificó los sonidos naturales del ambiente, los caminantes más débiles empezaron a dar muestras de cansancio, los mosquitos no hacían el menor caso a los repelentes, el sudor mojaba las espaldas y las frentes de todos los aventureros, el barro del camino empezaba a llegar a los tobillos y la humedad a entrar a los zapatos. A lo lejos, se empezó a escuchar música, una especie de zamba con percusión africana que por un lado era extraña y por otro, calzaba perfectamente con el ambiente salvaje que los rodeaba en forma de túnel verde. La melodía alivió de momento el cansancio porque significaba que estaban cerca y daba la bienvenida a todos los invitados. Muchos ojos, de gusanos, de arañas, de loros, de tucanes y de serpientes entre los arbustos y los árboles observaban a los extraños forasteros que en fila se internaban en el Bosque Esmeralda.

Harriete iba con anteojos oscuros y botas de hule con los colores del arcoíris, caminaba con su varita mágica en la mano por cualquier necesidad. Valeria aunque había dicho que no estaba interesada en perder la vida en una aventura que no sabía dónde la llevaría, en el último momento decidió sumarse al grupo, ellas fueron las primeras en ver en la copa de un árbol, una manada de monos que colgados de las ramas, se balanceaban curiosos y miraban mientras comían de la cosecha de unas frutas de cáscara verde, llenas de picos que al abrirse de un mordisco brindaban una pulpa blanca dónde flotaban semillas negras, los monos parecían disfrutar de la dulzura de las frutas, pequeñas como el puño de una mano. Serios, viendo que su territorio estaba siendo invadido por primates blancos y barbilampiños. Las niñas al verlos gritaron al mismo tiempo, ¡Miren! El resto de los niños vieron lo que podrían ser cincuenta monos, entre machos y hembras con bebés en sus espaldas. Marna gritó: —¡Qué lindos! Los gemelos Frank y Freud dirigidos por su instinto travieso, lanzaron piedras a los monos logrando pegar a uno que lanzó un aullido de dolor que se extendió haciendo eco hasta perderse en la distancia El grito del mono enfureció al resto de la manada y el más grande que parecía ser el rey aulló en otro tono y ritmo dando una orden para que respondieran al ataque de los intrusos. Entonces los animales empezaron a tirar frutas que se estrellaban contra las cabezas, los pechos y las espaldas de niños y adultos, la pulpa blanca de las frutas caía y chorreaba por todo el cuerpo de los transeúntes. Los niños corrían y gritaban, los monos saltaban de árbol en árbol y aullaban, los soldados romanos preocupados detenían a los niños para que no se esparcieran ni salieran del camino. La música subió de volumen porque ya habían llegado a la laguna donde la orquesta latina amenizaba el ambiente. Todo era tan nuevo, tan impactante, el ataque de los monos los había dejado exhaustos. El tiovivo no estaba pues no había sido posible transportarlo hasta esa zona tan remota del bosque, sin embargo había un trampolín, varias hamacas que bajaban colgadas de las ramas más altas de los enormes árboles, una atracción nueva, era un resbaladero de arcilla, una escalera los llevaba a lo alto de una pequeña colina en donde ellos eran proveídos de gruesas bolsas de plástico en la que debían meterse para luego tirarse por un lodazal que bajaba hasta una pequeña piscina de agua lodosa que los recibía sin hacerse daño. Otros niños eran conducidos por los soldados romanos a jugar en grupos que competían intentando meter una bola pequeña en un hueco a cierta distancia, otros con canicas de cristal competían intentando meterlas en un círculo dibujado en la tierra. Las bailarinas hacían gimnasia acrobática colgadas de los árboles, compartiendo el espacio con los pájaros y los monos que ya habían olvidado la guerra de frutas y se entretenían viendo colores y formas que nunca habían visto. Josh Artemisa sonreía de contento al ver feliz a su hija. Husaim Talib sentado piernas cruzadas como un yogui, bajo la sombra de un frondoso árbol, hizo un llamado con un cuerno que sonó en toda la selva, los niños lo vieron y de prisa caminaron hacia él y se sentaron a escuchar la nueva historia que traía.

Los kinnaras tristes

Rodeado de niños Talib inició. Hace mucho tiempo vivía un Rey en su palacio, su vida la pasaba entre las actividades extravagantes de un Rey. Salía de caza con sus perros, hacía fiestas en donde se presentaban magos, bailarinas que hacían el baile del vientre y comían manjares dulces, salados y agridulces con especias exóticas de países lejanos, visitaba reinos cercanos con su esposa y sus dos hijos. Un día, sentado en uno de los balcones de su palacio viendo el caserío a sus pies, donde sus súbditos vivían felices, escuchando a su esposa cantar, observando a sus hijos practicar con arcos, flechas y espadas se sintió solo, aburrido y viejo, sintió que la vida ya no le brindaba sorpresas. Un poco preocupado por esa sensación de insatisfacción, se levantó y, de una forma casi automática, pidió a uno de sus asistentes que le trajera un caballo y la jauría de perros. El asistente le preguntó si iba de caza, el Rey dijo que no, quería distraerse un poco caminando por el bosque. Montó su caballo y, seguido por los perros, se dirigió al bosque y se internó en él, precisamente en este bosque de pinos en el que hoy disfrutamos de la fiesta para Aimar. Y ahí, en el centro del bosque, precisamente ahí, Husaim señaló en dirección a la Laguna Negra, donde se ve esa enorme roca, ahí se detuvo y amarró su caballo en un tronco, ordenó a los perros echarse sobre el zacate, los perros muy bien entrenados obedecieron, el Rey se sentó sobre la roca a analizar su vida y a buscar en su interior la razón de su insatisfacción. De repente detrás de él, escuchó unos sollozos, los perros se inquietaron al escuchar también el llanto con claridad. El Rey ordenó a los perros quedarse quietos y cauteloso caminó hacia donde parecían venir los sollozos. No había caminado mucho cuando pudo ver a dos seres extraordinarios, no eran humanos aunque tenían partes de humanos, no eran aves aunque tenía partes de aves, eran aves y al mismo tiempo humanos, su cabeza y tronco hasta las rodillas eran de humano pero los brazos eran alas, de sus pantorrillas hasta sus pies eran de pájaro, sus ojos y nariz eran de pájaro pero su boca debajo de esa nariz era una boca humana, el pecho estaba cubierto de plumas, bellas plumas azules, naranjas, negras, blancas y amarillas brillantes como un pulido metal y en su cabeza había un penacho de largas plumas que se erguían hacia arriba, de los mismos colores de las del pecho, de su columna vertebral humana, salían hermosas colas que casi tocaban el suelo. Las dos criaturas lloraban desconsoladamente abrazadas. Al verlas, el Rey se quedó mudo por la sorpresa, él nunca había oído de la existencia, mucho menos visto, seres como los que tenía frente a él. Cuando al fin pudo controlar su asombro les preguntó: —Ustedes quiénes son. Las criaturas con una voz melódica como la de un pájaro que canta, en una armonía hermosa y rítmica respondieron. Somos seres etéreos, vivimos en un reino también etéreo, normalmente no compartimos el mismo espacio físico con los humanos, no sabemos por qué puedes vernos pero parece que sí nos ves. El Rey era muy compasivo y hacía todo lo que podía para que sus súbditos fueran felices y cuando los afligía un sufrimiento hacía todo lo posible por aliviarlos, y les dijo, he escuchado su llanto, quisiera hacer algo por reconfortarlos. Ellos respondieron: —Somos Kinnaras nuestra raza es una mezcla de aves y humanos, por lo general somos felices, somos amorosos y cuando encontramos una pareja vivimos con ella toda nuestra existencia que puede ser de diez a veinte mil años, cuando uno de los dos muere por lo general el otro muere de tristeza en los próximos cincuenta días. El Kinnara que hablaba hizo una pausa que el Rey aprovechó para hacer la siguiente pregunta, Y por qué están ahora tristes si una de sus características es ser felices. La Kinnara habló: —Nos amamos tanto que nunca nos separamos por ninguna razón, siempre andamos juntos, comemos juntos, dormimos juntos. Una vez hace mucho tiempo, recolectábamos frutas para comer, sin darnos cuenta nos alejamos el uno de la otra y empezó a llover, con mucha fuerza, en la cima de la montaña. —Esa montaña, —dijo Husaim Talib señalando la montaña al otro lado de la Laguna Negra, y un pequeño arroyo que nos separaba creció hasta convertirse en caudaloso río, cada uno de nosotros se alejó de la orilla para no ser arrastrados por la corriente, sin darnos cuenta habíamos quedado en márgenes distintos del caudal, podíamos vernos pero no podíamos hacer nada para reunirnos, nos gritábamos para consolarnos aun así, el sonido de nuestra voz no era suficiente, queríamos estar juntos y abrazarnos, pero no podíamos. La lluvia continuó inclemente, el río creció más y más hasta que ya ni siquiera podíamos vernos. Y cayó la noche, dormimos solos, con frío y con la angustia de no estar juntos, empezamos a llorar, fueron dieciocho horas de separación que nos produjo una tristeza que no se disipó al reunirnos de nuevo cuando las aguas regresaron a su caudal normal, lloramos mucho tiempo porque nuestra separación no nos permitía ser felices. Cuando los Kinnaras terminaron su historia empezaron a sollozar de nuevo. El Rey los observó y preguntó. Hace cuánto sucedió eso. Quinientos años, dijo el Kinnara. El Rey incrédulo volvió a preguntar: —¿Por eso ustedes sufren y lloran todos los días, por una sola noche de separación? —No, —dijo la Kinnara, ya no lloramos por sufrimiento, ahora lloramos por agradecimiento, por poder estar unidos y poder expresarnos amor todos los días. El Rey retrocedió despacio sintiendo un profundo respeto por aquellos seres que podían albergar tanto agradecimiento por la vida y por poder expresar todos los días el amor a su pareja.

Regresó a su palacio en donde su mujer y sus hijos lo esperaban para cenar, se sentó a la mesa viéndolos felices, viendo la deliciosa cena, el hermoso palacio con sus sirvientes también felices de servirle y lloró. Su esposa preocupada le preguntó por qué lloraba, por qué estaba triste, él respondió que no estaba triste ni enfermo que lloraba de felicidad y agradecimiento por todas las cosas que la vida le daba y que había dejado de apreciar.

Cuando Husaim Talib terminó su historia había algunos niños que lloraban, se daban cuenta que su vida también era linda y estaban agradecidos. Cristian el profesor de Estudios Sociales que también escuchaba la historia dijo. Deben saber que lo que acaban de oír lo podemos clasificar dentro de la categoría de mitos y leyendas de nuestro pueblo, eso quiere decir que la historia está ubicada en un pasado remoto del que no se tienen registros históricos, las monarquías existieron, pero hace tanto tiempo que no se puede creer a ciencia cierta si ese encuentro del rey con la pareja de Kinnaras realmente sucedió, de hecho esa leyenda es la que ha dado pie a que la gente crea que en este bosque viven todavía Kinnaras. Lo cierto es que nadie después de ese Rey ha visto a esos seres etéreos. Los niños un poco decepcionados porque el profesor les había echado a perder la ilusión de creer que tal vez podrían ver a algunos de esos maravillosos seres, volvieron al tobogán de arcilla, a las mesas de comida, a los columpios y a la zona de pesca en donde un soldado romano proveía a los niños de cañas de pescar y anzuelos.

Solo Guillermo no se fue, se mantuvo en silencio frente a Husaim Talib, el momento se volvió incómodo, Husaim dio media vuelta para alejarse, era obvio que no quería hablar con Guillermo pero él lo detuvo: —Puedo hacerle algunas preguntas señor Talib. Husaim respondió tratando de esconder su nerviosismo: —Pregunte señor De La Fuente, esa historia que usted acaba de contar, igual que la otra que contó en mi fiesta, usted las ha inventado o las ha recibido de otra persona que la escuchó de otra persona y así en una cadena de narradores hasta llegar a nosotros. Husaim sonrió mostrando una fila de dientes blancos perfectamente alineados: —Me las contó mi padre que las escuchó de mi abuelo que las escuchó de mi bisabuelo que las escuchó de mi tatarabuelo que se la contó su padre que la escuchó de… Ya entendí la idea gracias, —dijo Guillermo interrumpiéndolo. Husaim aclaró, la versión de la historia que yo cuento es mi versión, cada generación de cuentacuentos la transforma, la adorna de nuevas maneras, la hace suya, siempre manteniendo la esencia, la creatividad del narrador es utilizada para crear una historia que siempre es la misma pero cada vez es fresca y bella para los nuevos públicos. Husaim creyó que eso era todo, pero Guillermo no había terminado aún, estaba dejando la otra pregunta para cuando la cercanía con Husaim fuera mínima. Husaim hizo un nuevo intento para librarse de Guillermo y empezó a alejarse, Guillermo lo detuvo con otra pregunta, Husaim se detuvo sin mirar atrás para no dejar ver su preocupación que ahora sí se le notaba: —Qué quería usted decirme el día que entró a mi casa y Lusmilda lo despidió sin permitirle hablar conmigo. Husaim sin mirarlo respondió: —No recuerdo señor De La Fuente, seguramente era algo intrascendente. Guillermo no estaba dispuesto a aceptar una respuesta tan simple y le dijo: —Si hubiera sido importante no lo habría olvidado, si hubiera sido intrascendente usted no habría entrado a la casa, esperado a que yo despertara de mi sueño, se hubiera marchado sin pasar por la incomodidad de que Lusmilda lo obligara a irse, usted no solo esperó a que yo despertara sino que también se alejó molesto y cuando yo lo llamé para que hablara conmigo se fue sin contestarme. Hay cosas que es mejor no saberlas señor De La Fuente, en ese momento tal vez habría sido un error darle una información innecesaria, por cierto ahora sé que Lusmilda tenía razón, es mejor que usted no lo sepa. Disfrute la fiesta señor. Husaim se alejó. Guillermo corriendo se paró frente a él y poniéndole la mano en el pecho, lo detuvo: —Usted no puede hacerme esto, no puede decirme que algo importante, que yo no sé, no debo saberlo porque usted decide que me puede hacer daño, usted debe darme toda la información que tiene, dejarme a mí hacer lo que tenga que hacer con ella y permitirme enfrentar las circunstancias y los efectos de esa información. Husaim pensó un momento: —Está bien, todo a su debido tiempo, no hoy, hoy debemos disfrutar de la fiesta, yo lo buscaré a usted en su casa y hablaremos en el jardín, ahí Lusmilda esta vez no podrá detenerme. Husaim se alejó y se perdió entre la multitud.

Guillermo se subió al tobogán de arcilla, se dejó venir y cuando llegó al final chocó con Aimar que lo esperaba sonriente.

La curiosidad de los gemelos Waterloo

Con sus trajes camuflados, sus botas contra serpientes, sus cascos de duro plástico y mochilas llenas de herramientas para la sobrevivencia, los gemelos Waterloo escucharon hasta el final la historia de la pareja de Kinnaras que se amaban, al finalizar, Frank dijo a Freud: —¿Estás pensando lo mismo que yo? Tenían la capacidad de saber, uno lo que pensaba el otro. Freud respondió con una pícara sonrisa: —Creo que sí, es una idea excelente. Se dirigieron a las mesas de los postres, Tenemos que llevar suficiente por si acaso la aventura nos toma más tiempo que el planeado, —dijo uno. —Nunca se sabe, —dijo el otro, y empezaron a llenar dos grandes bolsas con tres leches, pastel de limón, pastel de queso sabor a maracuyá, queque de chocolate, flan de coco, pastel de fresas, dulces de tamarindo, cajeta de coco y arroz con leche. Después caminaron sin detenerse en ninguno de los juegos en los que Marna, Elvis, Jaidev y Enrique III se divertían, caminaron hasta llegar al límite permitido, miraron hacia atrás para asegurarse que nadie los estaba viendo, sin embargo no repararon en la mirada de Enrique III que los notó sospechosos, se bajó del columpio y corrió hacia ellos: —Para dónde van, —preguntó, los gemelos respondieron al unísono: —A ninguna parte. El pelirrojo no se tragó la respuesta y dijo: —A mí no me engañan, ustedes van para alguna parte. —Obvio, —dijo Frank. —Para alguna parte tenemos que ir pero, no vamos para ninguna parte especial, —dijo Freud.

—Puedo ir con ustedes: —insistió Enrique III. —¿A dónde?, —volvieron a hablar los gemelos al mismo tiempo: —A dónde sea que vayan. Los gemelos se vieron el uno al otro pensando: "No vamos a poder deshacernos de éste, mejor le decimos la verdad. Vamos a una excursión extracurricular, hicieron una pausa para hilar mejor la mentira, a buscar seres etéreos, mitad hombre y mitad pájaro, Kinnaras, —dijo Enrique III que también había escuchado la historia. —Sí, Kinnaras, vamos a intentar encontrar alguna en lo más profundo del bosque, —dijo Freud. —Salir del espacio demarcado, está prohibido por las reglas de Josh Artemisa, —susurró Enrique III.

—Eso Está muy claro, pero las leyes se hicieron para romperse, somos aventureros, mira nuestros atuendos, son copias exactas del traje de Indiana Jones en el Templo de la Perdición, venimos vestidos para una gran aventura y buscar Kinnaras es una aventura que no nos vamos a perder, —dijeron los gemelos esta vez no al unísono sino alternando frases. —Es que… Enrique III no terminó la frase: —¿Vienes o no? —No tengo la ropa adecuada. —Entonces no vienes y si no vienes tienes que guardar el secreto y no decirle a nadie donde estamos —dijo Freud—, pero si vienes, tienes que asumir el riesgo y obedecernos en todo. — Está bien, iré, —dijo el pelirrojo. Con mucho disimulo los tres caminaron y se internaron en el bosque sin mirar atrás, las trompetas, el piano y la percusión de la banda latina se fueron disipando y los sonidos de las chicharras y de los pájaros tomaron fuerza. Los Waterloo empezaron a hablar, uno o el otro respondía a veces sin hilar la idea, con un comentario fuera de sentido, parecía que la conversación era solo para disimular los nervios, sorteando los pequeños y los grandes obstáculos, no les importaba si caminaban hacia el norte o hacia el sur, hacia el este o hacia el oeste, su objetivo era internarse cada vez más en el corazón de la selva. Encontraron un pequeño arroyo que Enrique III consideró que era el riachuelo que había separado a la pareja de Kinnaras. —Vamos a seguir este arroyo hasta donde nos lleve, —dijeron los Waterloo en común acuerdo y siguieron subiendo en contra del flujo de la pequeña corriente.

El irrespeto a Lusmilda

Cuando Ivanov salió en la limusina llevando a los dos niños a la escuela, Lusmilda empezó a sospechar que había algo anormal, pensativa subió al cuarto de Guillermo y buscó la invitación a la fiesta de Aimar, vio la fecha, y sí, era la del día de la fiesta, bajó e hizo una llamada telefónica a La Escuela Del Mundo, el teléfono timbró muchas veces sin obtener respuesta, colgó aún más pensativa y empezó a sentirse molesta, engañada e irrespetada por los niños, esto nunca había sucedido. Guillermo con Cuatro Mil Días cumplidos, podía ahora tomar ciertas decisiones, Lusmilda no estaba preparada para eso, el incómodo estado emocional no le permitió concentrarse en ninguna de las tareas domésticas, la sospecha de que Guillermo y Marna la hubieran desobedecido la había alterado mucho. Intentó calmarse cantando, la música la calmó un poco, sin embargo al terminar la canción el desasosiego emocional regresó, cantó otra vez y mientras cantaba escuchó el sonido de la limusina en la entrada, corrió a abrir la puerta y abordó con desesperación a Ivanov. —¿Dónde están los niños?, —Preguntó sin preámbulo. —En la Escuela de El Mundo, —contestó Ivanov con seguridad. —¿Estás seguro? —Estoy seguro de que ahí los dejé pero no estoy seguro de que ahí estén ahora.

Lusmilda se quitó el delantal, lo tiró sobre una silla en la entrada de la casa y ordenó: —Llévame a la Escuela. Ivanov acostumbrado a recibir órdenes de Lusmilda obedeció. En el camino ninguno dijo palabra, ya se había dicho lo que había que decir y solo faltaba corroborar los datos. Encontraron vacía la Escuela de El Mundo. Roy, el guarda, parado frente al portón los recibió, Lusmilda, sin saludar le preguntó: —¿Dónde están todos? —Se han ido al Bosque Esmeralda, a celebrar el cumpleaños de la niña Aimar Artemisa. —Todos, —dijo Lusmilda muy enojada, Los niños De La Fuente no tenían permiso para ir. Roy se puso nervioso: —No puedo darle ninguna explicación señora, yo solo cuido el portón y sé que esta mañana todos salieron en buses para el Bosque Esmeralda. Lusmilda subió el vidrio de la ventana de la limusina. —¿Sabes dónde queda ese bendito bosque? —Creo que sí, —dijo Ivanov con cierto miedo porque le parecía que Lusmilda iba a explotar. —Llévame allá, —dijo ella con la mirada fija en ninguna parte.

En el camino hacia el Bosque Esmeralda, Lusmilda reflexionó y concluyó que de nada le servía ir en busca de Guillermo y Marna, que llegar a la fiesta e interrumpir la diversión con un cuadro de reclamos, reprimendas y sermones no iba a solucionar nada, entonces dio a Ivanov la contraorden: —Llévame de regreso a casa. Ivanov en silencio giró el automóvil en U.

Lusmilda entró directamente a buscar el teléfono. Marcó el número de los señores De La Fuente en Tailandia, esperó, no obtuvo respuesta y colgó, se quedó viendo el teléfono, levantó la mirada y vio a Ivanov frente a ella. Ivanov, como si supiera lo que le pasaba por la mente a Lusmilda y lo que ella necesitaba oír para calmarse, habló: —Con todo respeto voy a decir algo que tal vez no debo decir, señora Lusmilda, si voy a entrometerme sin tener derecho ni obligación, si voy a ofenderla en alguna forma, por favor perdóneme. Lusmilda no lo interrumpió solo lo miró de arriba abajo con la mirada de autoridad de una generala. Ivanov continuó: —Son niños señora, necesitan divertirse y desde que llegué aquí hace más de cuatro años, no los he visto sonreír, tal vez sí, han sonreído, pero sus sonrisas son superficiales porque tienen el corazón triste, sus sonrisas son breves, fugaces, efímeras, no he visto en esta casa la alegría profunda y estable que debe vivir un niño y una niña. Lusmilda endureció aún más su semblante y gritó: —No es su trabajo analizar las sonrisas de mis niños Ivanov, usted se está entrometiendo en algo que no le importa. Lave los carros, cámbieles el aceite, revise las llantas, haga lo que quiera pero desaparezca de mi vista. Ivanov bajó la mirada: —No señora, no me iré ni le obedeceré hasta no haber terminado, el amor a esos niños no es su monopolio, yo también los amo, yo también los cuido y a mí también me preocupa su seguridad y bienestar, Lusmilda volvió a hablar con voz grave y segura: —Le dije que se fuera y su deber es obedecerme. Ivanov continuaba sin poner atención a las órdenes de Lusmilda: —No se preocupe usted por ellos, estarán bien, se estarán divirtiendo con sus compañeros y si usted llama a los señores De La Fuente solo logrará preocuparlos, créame, nada les va a pasar, las creencias son suyas y no deberían interferir con el desarrollo de los niños. Lusmilda se fue y dejó a Ivanov hablando solo.

Guille y Aimar son novios

En el Bosque Esmeralda, los niños habían visto todos los espectáculos varias veces y no dejaban de asombrarse de las contorciones, de los malabares y los actos de magia. Husaim Talib había narrado y se dedicaba a disfrutar también como un niño, reía y comía, caminaba y saludaba y de vez en cuando contaba un chiste que hacía reír a todos a su alrededor.

Guillermo estaba cubierto de barro, se acercó a la Laguna Negra para lavarse las manos e ir a buscar el queque de queso con sabor a maracuyá que tanto le gustaba. Cuando estaba de rodillas, agachado enjuagándose, vio en la superficie del agua el rostro de Aimar, se puso de pie, se secó las manos en la parte posterior del pantalón y las manos se le volvieron a ensuciar, Aimar sonrió: —Estás hecho una completa bola de barro—, le dijo sin parar de reír. Nunca me imaginé que un miembro de la familia De La Fuente pudiera permitirse andar tan sucio. Guillermo se agachó de nuevo y otra vez se volvió a lavar. —No te había visto en toda la mañana, estaba empezando a extrañarte —dijo. —Yo sí te vi cuando hablabas con Husaim Talib, parecía una conversación muy importante— Nada importante, solo quería saber de dónde venían sus historias. ¿Quieres comer algo?, vamos a buscar el queque de queso con sabor a maracuyá. Se dirigieron a las mesas de comidas y se sirvieron dos trozos de queque cada uno. Se sentaron a comer sobre una piedra y Aimar dijo: —Sabías que me diviertes mucho, cuando te tengo cerca me siento alegre, me dan ganas de sonreír. —Tú a mí me pones nervioso: —dijo él—, tenerte cerca acelera mi corazón y siento que toda la sangre sube a mi cabeza. En ese momento Josh Artemisa se acercó, maquillado y vestido como payaso, sombrero negro medio roto, corbata roja, pantalones negros flojos, tirantes amarillos y camisa blanca, un enorme lazo lleno de puntos negros, la boca negra enorme y las cejas que bajaban hasta sus mejillas, un manojo de globos de colores en su mano izquierda, los miró unos segundos y con cara de payaso feliz se fue riendo a carcajadas tocando un pito y repartiendo globos. —Tu padre es un gran hombre, tienes mucha suerte de tenerlo contigo todos los días, yo sin embargo hace siete años que no veo al mío.

—Josh no es mi padre. —Por qué dices eso, cómo lo sabes: —preguntó Guillermo. —Él me lo dijo, me contó toda la historia de cómo llegué a su vida. Guillermo no preguntó más. Aimar tomó la mano de Guillermo y él sintió que la piedra donde estaba sentado se suavizaba y derretía, el sol aparecía libre de nubes, el olor de la vegetación se intensificó y el sabor de queque de maracuyá se convirtió en un manjar. Aimar al verlo a punto de desmayarse le soltó la mano —Te sientes bien. Sin responder, él le devolvió el gesto y le tomó la mano y ahora fue ella la que se sonrojó. El hechizo terminó cuando escucharon a Valeria frente a ellos decir: —Están rojos como tomates, qué les ha pasado. Venía con Marna y Elvis. Guillermo se levantó sin soltar la mano de Aimar y dijo: —Ahora quiero probar el arroz con leche, y se marcharon ignorando las risas y los comentarios. Marna y sus amigos empezaron a gritar: —¡Guille y Aimar son novios! ¡Guille y Aimar son novios!

La casa del bosque

Los gemelos Waterloo y Enrique III habían caminado mucho, a lo largo y hacia arriba del arroyo, habían visto huellas de tigre y de tapir, pero ni una sola seña de Kinnaras. Los gemelos empezaban a pensar que no había sido una buena idea escaparse para buscar lo que en el fondo sabían que no iban a encontrar, el cuento de Husaim Talib era una fantasía, sabían que los esperaba un castigo por no acatar los lineamientos de la productora, que estaban indefensos, que no importaba cuantas herramientas o armas trajeran, en el posible ataque de algún animal salvaje, no sabrían que hacer y serían presa fácil, sabían que la muerte rondaba a su alrededor. Veían todo con miradas de alarma pero no lo expresaban para no admitir su miedo. Enrique III disfrutaba todo con ingenuidad y sonreía y silbaba gozando el viaje. Lo que Frank y Freud no sabían era que, desde hacía rato, eran observados por una docena de ojos que se escondían entre los matorrales y arbustos, caminaban a la misma velocidad y se movían en la misma dirección que ellos tan sigilosamente que no eran percibidos. Al llegar a una pequeña cascada que caía sobre una también pequeña laguna, los tres niños se detuvieron, la belleza del conjunto los hizo olvidarse de las preocupaciones, los Waterloo se quitaron la ropa de Indiana Jones, se colocaron una pantaloneta de baño que traían en la mochila y se tiraron al agua. Enrique III dijo: —No me gusta el agua fría. Y se sentó a descansar, casi inmediatamente, la curiosidad lo hizo levantarse para husmear en los alrededores. Caminó y encontró una vereda, le pareció extraño pues hasta el momento habían tenido que caminar sobre piedras y matorrales sin ninguna señal de camino, sin embargo ahí estaba, muy definido el angosto senderito, subía y bajaba, serpenteaba hacia algún lado, lo siguió, subió, bajó y serpenteó con él y el sendero lo llevó hasta la entrada de una casita de madera, raída y vieja, escondida entre árboles y arbustos, con jardineras llenas de flores. Se detuvo a admirarla, se notaba había sido cuidada con amor. Un rótulo sobre la puerta, con letras llenas de mariposas y avecillas decía, "El amor existe, nada vive sin amor". Tomó impulso para entrar pero recordó que no andaba solo y corrió hasta la poza en donde Frank y Freud nadaban. Agitado les contó sobre el sendero y la casa y dijo que quería ir a explorarla. Ahí viven los Kinnaras, no puede ser otra cosa que refugio de esos seres, si las encontramos vamos a hacernos amigos de ellos, nos tomaremos fotos y cuando regresemos vamos a ser famosos por haber sido los primeros en el mundo en haber encontrado Kinnaras. Decía Freud y cuando vio su reloj agregó: —No, hemos estado casi tres horas fuera del límite de la fiesta y deben estar buscándonos, si no nos ha pasado nada hasta ahora, en cualquier momento nos puede pasar algo de lo que nos vamos a arrepentir. Enrique III había visto la casa y sabía que valía la pena la investigación e insistió: —Problemas ya los tenemos, el castigo no lo vamos a evitar y si estamos aquí, tal vez podemos encontrar en esa casa algún tesoro, tal vez no Kinnaras tal vez algo lindo, no tiene la apariencia de ser peligrosa, tiene jardines muy bien cuidados, está pintada y limpia y el rótulo sobre la puerta solo indica que ahí viven Kinnaras. Logró convencerlos, ya parados frente a la entrada de la casa Enrique III entró dejando a los gemelos boquiabiertos.

La casa era oscura por dentro, Enrique III se fue acostumbrando poco a poco a la oscuridad y pudo ver que habían sillas y mesas hechas de troncos de árbol y un fogón con cenizas aún calientes, ollas con restos de comida, había piedras que podían servir como bancos y en las paredes dibujos de animales y plantas. De repente algo sobrevoló su cabeza y le rozó el pelo, el susto lo hizo brincar y salir corriendo, sin dar tiempo a Frank y Freud de hacerse a un lado, chocó con ellos tirándolos al suelo, sin averiguar nada, los tres se levantaron y echaron a correr por el sendero que los llevó a la poza y jadeantes en silencio empezaron a bajar tan rápido como podían, a veces resbalando, a veces cayendo, hasta que en una pequeña planicie se detuvieron para tomar aliento y se preguntaron: ¿Qué pasó?, Una mano me tocó la cabeza: —dijo Enrique III. Los gemelos no necesitaron más información.

Arriba cerca de la casa, tres niños y tres niñas, empezaron a salir de sus escondites, sucios, descalzos, pálidos y muy delgados los seis niños llegaron hasta la entrada de la casa, se miraron unos a otros, se limpiaron el barro de los pies y entraron.

Falsa alarma

El sol hacía rato había dejado de alumbrar directamente, sus rayos solo rebotaban entre los árboles, una penumbra anunciaba el final del día. Josh Artemisa miró su reloj, eran las cinco de la tarde, tomó un caracol y lo sopló haciendo un sonido que resonó por toda la selva y llegó hasta los oídos de los gemelos Waterloo y Enrique III, al oírlo aceleraron el paso. El caracol sonó tres veces y Josh gritó, la fiesta ha terminado, Los empleados del Gran Teatro de Oklahoma empezaron a recoger los equipos y los profesores a llamar a los estudiantes con las listas de asistencia, los niños y las niñas acudían en fila para subir a los buses. Cuando el profesor Cristian llamó tres veces a Frank Waterloo y luego a Freud sin obtener respuesta, su rostro relajado se torció, su ceño se frunció y sus labios se empequeñecieron en una expresión que manifestaba alarma y preocupación cuando Harriete gritó: —Enrique tampoco está. El pánico fue general, Husaim Talib se acercó, pidió calma y solicitó a todos quedarse en sus lugares cerca del profesor, después, con Josh Artemisa y tres empleados de la productora empezaron a gritar los nombres de los tres niños en la periferia del campo de la fiesta. No pasó mucho tiempo cuando por otro lado, se escuchó: —Aquí estamos. Eran los gemelos Waterloo y Enrique III, los niños no pudieron contener la alegría y los abrazaron. Josh todavía preocupado les preguntó dónde estaban, con rostro de fingida inocencia los gemelos dijeron que estaban ahí, que simplemente no habían oído la orden de partida. No muy contento con la respuesta Josh y Husaim Talib caminaron hacia los buses.

De regreso, agotados e inquietos, los niños comentaban sus mejores experiencias y sus grandes emociones, felices de que el bosque no era nada peligroso, con ganas de convencer a sus padres o encargados de que los trajeran otro día a pasear a la laguna negra para pescar o andar en bote.

Guillermo junto a Aimar miraba a los gemelos que cuchicheaban con Enrique III. La curiosidad lo llevó a averiguar lo que esos tres, con sonrisas y miradas sospechosas, traían entre manos. Se sentó junto a Enrique III, con los gemelos a su espalda, de inmediato dejaron de hablar. Entonces Guillermo preguntó sin rodeos: —Dónde andaban cuando los llamaron. —Es un secreto, —dijo FrankA ti no te interesan nuestros secretos, —dijo Freud. —Creo que podemos contarle, él es un buen amigo y no pasará nada si sabe, —dijo Enrique III con relajada camaradería. —No, —dijo Frank muy serio—, mañana hablamos. Guillermo, contento con la respuesta de hablar mañana, regresó al sitio junto a Aimar, la tomó de la mano y admiró el paisaje que se escurría por la ventana, que ya empezaba a mostrar algunos edificios de la ciudad.

La desaparición de Fedro Artemisa

Once años atrás, después de que Fedro Artemisa dejó a su hija Aimar en la puerta del carromato de Josh Artemisa y regresó a la casa del bosque con Ramia, inició una nueva vida, porque Estrella, su compañera y Aimar su hija ya no estaban con él, las extrañaba y a menudo lloraba su ausencia. En las mañanas después de que bañaba y daba de comer a Ramia, la dormía y a sabiendas de que iba a dormir al menos hora y media, cerraba muy bien las puertas y las ventanas del rancho y se internaba en el bosque a amontonar leña en distintos lugares en donde se mantendría seca para luego llevarla a vender a la ciudad, la llevaba en una improvisada carretilla que jalaba con una mano mientras con la otra sostenía a Ramia, la carga de leña tenía que ser muy pequeña para poder realizar ambas cosas. En la ciudad tenía clientes fijos a los que llevaba leña cada dos o tres días, con el dinero obtenido por la venta, compraba sal, dulce, arroz y frijoles. Así pasaron los días y los años, Ramia aprendió a hablar. Fedro le trajo libros y aprendió a leer, le trajo cuadernos y le enseñó a escribir, le explicaba todo, traía hierbas y le enseñó a cocinar. Fedro también ponía pequeñas trampas con maíz o arroz en donde quedaban atrapados palomas o gallinas silvestres que cocinaban con yuca o papas con suficiente caldo para hacer una sopa que hirviéndola con regularidad podía sustentarlos hasta por tres días. Ramia llegó a los siete años, era una niña alegre, cantaba canciones que ella misma inventaba, ya no tenía necesidad de que Fedro le dijera que hacer cuando iba a la ciudad con la leña, mantenía la casa limpia y ordenada, cocinaba a la perfección y lavaba la ropa en el río. De vez en cuando pedía a Fedro que la llevara a la ciudad, Fedro nunca lo hizo, argumentaba que la ciudad era un lugar peligroso y que todo lo que necesitaba saber de la vida lo podía aprender ahí en el bosque, de los pájaros, de los monos, de los gusanos y de las lagartijas, incluido el leopardo y los murciélagos, todos podían, si prestaba atención, enseñarle la verdad necesaria para ser feliz y vivir en paz. Ramia confiaba en su padre, lo amaba por sobre todas las cosas y cuando él le daba consejos ella los aceptaba sin discutir porque observaba las muchas formas de vivir de los animales que ella ponía en práctica, comprobado su validez y eficacia.

Un día, Fedro salió a recoger la leña como siempre lo hacía, para llevarla donde siempre la llevaba. Llamó a Ramia y le dijo la frase que ambos habían creado para seguir como filosofía de vida. "El amor existe, nada vive sin él" y se despidió dán-dole un beso en la frente. Ramia lo vio irse desde la puerta, lo miró cruzar el por-toncito que separaba el jardín del bosque y cuando lo perdió de vista entró a la casa y tomó el Robinson Crusoe que le había traído Fedro hacía algún tiempo y se sentó a leer.

Fedro tuvo que ir bastante lejos de la casa pues en los alrededores cercanos no había leña para recoger. Subió por una empinada ladera agarrándose de lo que podía, tomó la rama de un árbol para impulsarse y en esa operación una afilada espina le punzó la mano, el dolor y la sorpresa lo hicieron soltarse y se vino varios metros abajo hasta caer de espaldas sobre una piedra.

Recibió un golpe en la cabeza que lo dejó inconsciente varias horas, hasta que una llovizna le devolvió la conciencia, sin embargo Fedro despertó a otra realidad, no sabía dónde estaba, quien era, ni qué hacía ahí, no recordaba absolutamente nada. Se levantó y cami-nó sin rumbo, vio una casa, la casa donde Ramia todavía leía Robinson Crusoe, pasó de lejos, sin reconocerla ni saber qué ahí lo esperaba su hija, siguió cami-nando hasta llegar al sendero qué siempre lo había llevado con la leña a la ciudad, sin saber para donde iba ni de dónde venía. En su deambular llegó hasta encontrarse en la ciudad frente a un gran cartel en la puerta principal de El Gran Teatro de Oklahoma. Se detuvo viendo el cartel que anunciaba las funciones, cuatro de la tarde y ocho de la noche, con la mirada fija en el cartel lo encontró Brunelda, la mujer gorda, lo miró de arriba a abajo, harapiento y sucio, se le acercó y le pidió que se alejara del lugar pues pronto vendría el público a comprar entradas y no era conveniente que él estuviera ahí. Fedro no se movió de su lugar, siguió inmóvil, la mujer insistió por segunda y tercera vez pidiéndole cada vez con más vehemencia que se largara, Fedro no parecía poner atención o entender lo que la mujer le pedía, entonces ella fue a buscar a Josh Artemisa para que alejara a aquel hombre sucio y maloliente, Josh dejó su labor de cepillar el caballo en el que Aimar cabalgaba de pie mientras cantaba y vino a la entrada con la mujer caminando detrás de él tan rápido como su gordura se lo permitía. Cuando llegaron, Fedro aún miraba el afiche, ido en las imágenes no se dio cuenta que Josh había llegado. Josh vio que era Fedro su hermano mayor, viejo, canoso y arrugado, a quien no había visto al menos en treinta años. Josh se le acercó confuso y sorprendido, sabía del carácter explosivo de su hermano, lo que no sabía era que en esos treinta años Fedro había cambiado y en los últimos dos días había olvidado todo, su mente era un frasco transparente de vidrio lleno de nada. Josh esperó su reacción, no la hubo, la mirada de Fedro continuó en el cartel, entonces Josh lo volvió a llamar. Él giró un poco para verlo de frente, luego lo examinó como buscando en su mente una imagen que empatara con el rostro que miraba, Josh creyó que Fedro lo había reconocido y sonrió, pero su sonrisa no fue correspondida porque Fedro volvió al cartel. Josh poco a poco empezó a entender el estado mental de su hermano y lo llevó del brazo hacia adentro del Gran Teatro de Oklahoma, le brindó un cuarto, una cama, un baño y un plato de comida que Fedro devoró con placer. Después de ese día Fedro, sin saber que trabajaba para su hermano menor cambiaba la paja de la jaula del Artista del Hambre, sacaba a pasear en una silla de ruedas a Brunelda, subía por la escalera de mecate y le llevaba comida al trapecista, alimentaba al insecto que había sido humano y escuchaba atento cuando Josefina la cantante silbaba.

Ramia sale del bosque

Ramia leyó bastante, llegó hasta la parte que Crusoe encuentra a Viernes, pensó y analizó su relativa soledad y se dispuso a preparar comida para cuando su padre volviera. Con la comida lista, lo esperó, llegó la noche y se durmió en una silla. Al día siguiente día se despertó sin señal de Fedro. Ella sabía que su padre no iba a abandonarla sin una razón válida, cuando pasaron cuatro días, no pudo más, se alistó y caminó por el sendero que su padre tomaba para ir a la ciudad, lo siguió hasta que desaparecieron los árboles y aparecieron las casas, al ver aquel paisaje urbano por primera vez se quedó inmóvil, no era como ella se lo había imaginado, su asombro le aceleró el corazón y sin saber por qué, sus ojos se llenaron de lágrimas. Cuando pudo moverse, caminó por la calle que tenía en frente, abrigando la esperanza de que encontraría a su padre, miraba a los ojos a todo el que pasaba, hombres y mujeres, su timidez le impedía preguntar si habían visto a su padre, era tanta la gente que no sabía a cuál persona dirigirse, se encontraba confusa y exasperada. Caminó por otras calles, le dio hambre, sed y así, cansada, hambrienta y sedienta se encontró con la Catedral de Nuestra Señora de la Compasión. Al ver aquel imponente edificio con sus torres redondas, orgánicas cubiertas completamente de mosaicos multicolores que se erguían hasta las nubes sobrepasándolas, pensó que su padre se había equivocado cuando no le había permitido venir a la ciudad, no trató de compararla con la belleza del bosque, los dos mundos no admitían comparación. Se acercó a la puerta principal y entró, el interior del edificio era aún más imponente que el exterior, su sencillez, el colorido de los vitrales que cubrían los cuatro lados, las columnas también cubiertas de mosaico y la gran figura de Nuestra Señora de la Compasión con su vestido azul, sus estilizadas manos y pies, sus bellos ojos compasivos y el florero que sostenía en su mano derecha del que caía agua para formar la corriente que se perdía a sus pies. Se sentó en un banco de los que, en dos filas de oeste a éste parecían interminables y observó extasiada, no supo cuánto tiempo estuvo ahí sentada, después de un rato se sintió la tranquilidad que necesitaba para pensar mejor, y vio los vitrales con escenas de Nuestra Señora ayudando compasiva a seres enfermos, abandonados, en situaciones infernales, y le pidió a la Señora, ahí representada como protectora de seres en desgracia, que protegiera a su padre y que le concediera el favor de ayudarle a encontrarlo. La petición por fe y esperanza le dieron paz.

Caminó por nuevos senderos, nuevas casas, nuevos edificios y veía nuevos rostros. Llegó hasta un lugar en donde los vendedores ofrecían a gritos las frutas, las verduras, los granos y los panes de todos los colores y tamaños. No estaba acostumbrada a conversar, no sabía cómo iniciar una conversación. Sintió más hambre, miraba la comida con la boca hecha agua hasta que el instinto la indujo a tomar de una mesa un bollo de pan, de reojo el panadero la vio y con un palo que tenía, le dio un fuerte golpe en la mano, con un gemido de dolor Ramia soltó el pan. El panadero le gritó, ladrona, sinvergüenza. Ramia sabía que tomar lo que no se es dado tiene consecuencias negativas y ahí estaba, el dolor en la mano y la humillación frente a aquél hombre que la llamaba ladrona y sinvergüenza, había sido el hambre y su incapacidad para comunicarse lo que la habían impulsado a cometer el acto. Ramia se retiró avergonzada caminando hacia atrás sin ver por donde retrocedía hasta que tropezó con algo, era un hombre de turbante con un enorme rubí, larga barba gris, ojos verdes que hacía contraste con el rojo del rubí en el turbante, dedos largos que terminaban en uñas también largas pintadas de amarillo, pelo negro y una capa morada con ornamentos plateados, hombreras con charreteras, flecos y trencillas que le daban una apariencia mágica y una hermosa sonrisa que dejaba ver sus dientes blancos y perfectos, el hombre con su voz grave y sonora le dijo. Te has metido en problemas niña, Ramia retrocedió en otra dirección y cuando iba a empezar a correr, él la tomó del brazo impidiéndole irse y volvió a pregunta. Tienes hambre. Ella, sin abrir la boca movió la cabeza en signo afirmativo, él sonrió, Yo te invito a ese pan que querías comerte. Él se acercó a la mesa del panadero, compró pan, queso y algunas frutas, caminaron a un área despejada del mercado callejero y Ramia comió con avidez. El hombre la veía comer, Ramia se mostró agradecida, Me llamo Husaim Talib, tú cómo te llamas. Le hizo preguntas sobre su vida. Ramia contestaba todo y le contó sobre su padre, Talib escuchaba atento, sintió una extraña y fuerte conexión con ella y lo sorprendió el parecido que ésta niña tenía con Aimar la hija de Josh, Tengo que dejarte, voy a trabajar a una fiesta de niños, no puedo llevarte conmigo aunque me encantaría hacerlo, espérame por aquí, regresaré más tarde y podemos comer en mi casa. Ramia lo vio irse, con un movimiento de mano se despidió, él no escuchó, cuando en voz baja ella le dio las gracias.

Los pandilleros

Dispuesta a regresar al bosque antes de que anocheciera, Ramia dio un giro para recorrer hacia atrás el camino que había andado, no por mucho más tiempo habría luz diurna, se sorprendió cuando no reconoció el panorama al revés, no recordaba lo que veía, no iba a poder regresar y sintió miedo, recordó el poder de la Señora de la Compasión y pensó en invocarla, para encontrar el camino de regreso al bosque, como no sabía su nombre dijo mentalmente. "Señora de las manos bellas, de la fuente cristalina, de la mirada pura, ayúdame a regresar a casa sana y salva". Sin dejar de caminar esperó, inmediatamente su instinto la llevó por el camino de vuelta hasta el lugar donde había comido con Husaim Talib, recuperó la esperanza, tal vez la Señora la estaba guiando y siguió. La luz cada vez más tenue, las casas y edificios empezaron a encender sus lámparas.

Al doblar una esquina escuchó gritos de personas sobresaltadas, gritos que no eran de alegría, eran de una emoción agresiva, grosera que presagiaba peligro, buscó por todas partes sin poder precisar de dónde venían. Por fin logró establecer de dónde provenía el alboroto y caminó hacia allá con cuidado, a paso lento, llegó hasta un callejón oscuro, se pegó a la pared para poder llegar al grupo sin ser vista, ya bastante cerca pudo ver que eran dos niñas y tres niños, dos de los niños se daban de golpes y los otros tres gritaban, ya fuera animando a uno o al otro, ya fuera intentando detenerlos. Ramia se acercó más y se dejó ver, los niños que gritaban pararon de gritar, los niños que peleaban continuaron su pelea. Ramia fuerte, acostumbrada a recoger leña con su padre y a hacer huecos en la tierra para sembrar, se acercó más hasta quedar literalmente en medio de los dos niños que se golpeaban, uno de ellos ya tenía la nariz rota y el otro sangraba por la boca y la frente.

—¡No!, —gritó Ramia. Los cinco niños se congelaron con el grito. —¿Por qué pelean?, —preguntó primero a los agresivos y luego dirigió la mirada a los otros tres, después de una pausa, todos contestaron al mismo tiempo, cada quien contando su historia, con variaciones desde su punto de vista, se hacía imposible poder entenderlos, entonces Ramia volvió a gritar: —Silencio, no necesito saberlo, porque sé que no hay ninguna razón por la que dos seres humanos tengan que darse golpes hasta hacerse sangrar. He visto muchos animales hacer eso por un pedazo de comida o por defender su territorio, pero ustedes no son animales, son seres que pueden razonar para no tener que llegar a los golpes. Yo también he visto animales cuidarse y protegerse, ese es el comportamiento que debemos imitar de ellos no ese espíritu de competencia que lleva a la agresión sin sentido, porque al fin y al cabo lo que se va a lograr es odio, violencia y dolor. Hizo una pausa y pudo ver que había obtenido el efecto deseado en ellos. Bajó la voz, desaceleró el ritmo de su discurso y continuó—, es necesario que usted y usted. Y señaló a los dos rivales—, se den la mano y luego un abrazo. Los chicos miraron hacia lados opuestos, dispuestos a no seguir la orden, Ramia esperó paciente con los brazos cruzados dispuesta a no moverse hasta no verlos obedecer. —Si hacen lo que les estoy pidiendo, les prometo que los llevaré a conocer mi casa y les aseguro que no querrán regresar a este callejón oscuro y horrible. Los dos niños lo pensaron un poco, vieron el rostro de sinceridad de Ramia y lentamente se acercaron, se dieron la mano y un abrazo superficial y rápido. Ramia volvió a ordenar: —El abrazo para que funcione tiene que durar al menos veinte segundos, lo leí en un libro que me llevó mi papá. Con muchas dudas los niños volvieron a obedecer y al abrazarse. Ramia empezó a contar: —uno, dos, tres, cuatro, cinco, hasta llegar a veinte. Cuando los niños se soltaron, sonrieron y sin ninguna orden de Ramia volvieron a abrazarse ahora llorando de alegría por la reconciliación. Ramia les preguntó sus nombres, Pito y Garrapata eran los que peleaban. Pedro, Brisa y Luna eran los que gritaban a su alrededor.

Caminando por las calles, Ramia contó su historia: —He vivido toda mi vida en el bosque, con mi padre, él salía a vender leña a la ciudad, hace unos días se fue y no regresó, salí a buscarlo aunque nunca había venido a la ciudad. Brisa preguntó:

—¿Ese bosque, es donde hay seres extraños y fantasmas. Ramia dijo: —No sé, he visto culebras, panteras y mariposas, colibríes y quetzales, nunca seres raros, hay una laguna que mi padre llamaba La Laguna Negra. Brisa afirmó: —Sí, ese es el Bosque Esmeralda, ahí aparecen seres extraños y desaparecen personas normales. Ramia sonrió: —Mi vida entera la he vivido ahí y nunca he visto ninguna de esas cosas. Los niños se dirigieron a la salida norte de la ciudad en donde Ramia tomó el liderazgo y los llevó hasta su casa, donde se establecieron.

Abrigando la esperanza de encontrar a su padre Ramia visitaba la ciudad cada cierto tiempo, visitaba la catedral donde la Señora de la fuente pura, la escuchaba, le contaba sus historias y le pedía por el bienestar de sus amigos. Así pasaron mil días. En una de esas visitas, Ramia vio entrar a un niño, vestido muy elegante y se ocultó, siempre cuando veía entrar a alguien, se escondía, el niño caminó despacio hasta la figura de la Señora y la vio de arriba abajo. Accidentalmente Ramia golpeó una de las bancas atrayendo la atención del niño que vino hacia ella, cuando estaban frente a frente el niño le dijo: —¡Aimar! Ella lo vio triste y solitario y pensando que necesitaba cariño le dio un abrazo, fuerte y susurró, Uno, dos, tres, cuatro, cinco, hasta veinte, luego lo soltó y salió corriendo.

La furia de Lusmilda

En el viaje de regreso del paseo al Bosque Esmeralda los niños consideraban la experiencia como la marca de un antes y un después en sus vidas. Para Guillermo y Aimar habían nacido sentimientos mutuos que los separaban de los niños y los acercaban a los adultos y eso los hacían sentirse diferentes. Para los gemelos Waterloo y Enrique III, el río, la montaña y la casa en el centro del bosque eran un emocionante secreto.

El bus pasó frente a la Catedral de Nuestra Señora de la Compasión, todos se asombraron al ver la majestuosidad del edificio y la vieron con respeto, Guillermo no mencionó que él ya había entrado ahí, en primer lugar habían aprendido que no siempre hay que creerlo todo, como las historias de seres extraterrestres y hechos inexplicables alrededor del Bosque Esmeralda que no eran ciertas. El Profesor Cristian tomó la palabra y les dijo que toda historia tenía un elemento de verdad y otro elemento ficticio, un artista era aquel que tomaba una realidad y agregándole otros elementos de su invención, creaba otra. Husaim Talib era un narrador oral de una tradición ancestral y que la historia de las Kinnaras en el Bosque Esmeralda era real, había sucedido en tiempos muy remotos, también les dijo que habían universos paralelos al nuestro en donde sucedían hechos que no éramos capaces de percibir con nuestros muy limitados cinco sentidos y puso como ejemplo el olfato de los perros que eran capaces de percibir olores lejanos, las mariposas que pueden oler a otras mariposas a kilómetros de distancia.

En la Escuela de El Mundo los esperaban las limusinas con los choferes y los mayordomos. Ivanov vio venir a Guillermo y a Marna cubiertos de tierra de pies a cabeza, ambos entraron al vehículo. —¿Se han divertido los señoritos? —Como monos en un barril, —contestó Marna. Guillermo guardó silencio y Marna continuó: —Guillermo tiene novia, Guillermo miró a Marna de una manera que la obligó a decir: —Perdón, perdón, no sabía que tenía que ser un secreto de estado. Tampoco tiene que ser noticia de primera plana en los periódicos, —dijo Guillermo en voz baja. Ivanov sonrió.

Lusmilda en la puerta, no tenía en su mano el tradicional batido de frutas, solo abrió sin decir ni una palabra y fue a la cocina. Marna preocupada comentó: —Creo que está enojada, ahora qué hacemos. —Nada, déjamelo a mí, —dijo Guillermo.

Entraron a sus cuartos donde ambos se ducharon y se cambiaron la ropa. Marna sacó su Violonchelo, Guillermo tomó su Robinson Crusoe leyó media página y cayó dormido. En su sueño se vio con ocho mil días, era un joven de barba cerrada, cuerpo atlético, ágil y alegre, caminaba por un largo puente colgante sobre un caudaloso río, con Ramia a su derecha y la otra niña idéntica a su izquierda, los tres caminaban, con rapidez y agilidad, la espesa neblina que se extendía por todas partes, cuando iban por el centro del puente, la neblina se disipó y salió el sol brillante y fuerte, saltaron del puente y cayeron al río donde sus amigos y muchos otros desconocidos también nadaban, Lusmilda se asomaba desde el puente y gritaba: —Cuidado,

cuidado, en ese río, hay cocodrilos, es peligroso, salgan, salgan de ahí. Guillermo y sus dos amigas idénticas reían a carcajadas mientras nadaban, con la ribera plagada de cocodrilos, nadaban con la corriente para alejarse de los animales que ya entraban al agua para perseguirlos, uno de los enormes reptiles logró alcanzarlo, abrió sus enormes fauces y le mordió una pierna. Guillermo despertó, Lusmilda estaba frente a él, inmóvil, seria. —Disculpe señorito, toqué la puerta y usted no parecía oírme, entonces entré temiendo que le pasara algo. —No me pasa nada, qué quieres. Lusmilda tragó saliva, se sentó y habló pausado y en voz baja. El día entero he sufrido temiendo que algo podía pasarles a usted y a la niña Marna, que podían ser atacados por algún animal, que podían caerse y romperse un hueso, que podían perderse en ese peligroso bosque. Guillermo sonrió de los temores de Lusmilda, al verlo reír, también sonrió. Lusmilda le pidió disculpas por no confiar en él y Guillermo le pidió perdón por haberla desobedecido. Ya has cumplido Cuatro Mil Días, en teoría puedes tomar tus propias decisiones, para mí es un poco difícil de un día para otro soltarte y dejarte ir así de repente, ese paseo a ese lugar tan peligroso llegó justo quince días después de la celebración de tu entrada a la pubertad y no me dio tiempo de adaptarme. Imagínate que estuve a punto de llamar a tus padres a Tailandia. Hay varias cosas que debes saber Lusmilda, la primera es que ese Bosque no es ni peligroso, ni mágico, ni extraño, es el bosque más normal del mundo, hay animales, grandes árboles, ríos e insectos como en todos los bosques, imagínate que una manada de monos nos atacó con frutas. —Una manada de monos los atacó, —repitió Lusmilda otra vez alarmada—, Y me dices que ese bosque no es peligroso, yo tenía razón, por eso era que no los quería dejar ir. Santa Virgen de Fátima, no sé cómo regresaron vivos. Y antes de que Lusmilda continuara con sus expresiones de temor y alarma, Guillermo le lanzó la siguiente noticia como una estrategia de choque para que se calmara.

—Tengo novia, —Guillermo esperó la reacción de Lusmilda. Primero dejó de vociferar y después lo miró a los ojos en silencio. Guillermo continuó hablando en un tono muy normal como si estuviera contándole algo cotidiano—, se llama Aimar y es la hija de Josh Artemisa, el payaso que organiza las fiestas, lo recuerdas cuando vino a mi fiesta, era la niña con aquel precioso vestido blanco de vuelos, vino a saludarme y se presentó amable y sonriente, desde que la vi me enamoré, al principio no sabía que era amor porque nunca había sentido nada así, el corazón se me aceleró, me puse nervioso y no quería alejarme de ella, pero allá en la fiesta del bosque, nos tomamos de la mano y sentí en todo el cuerpo lo que dicen las canciones y poemas de amor, —Guillermo terminó de hablar y esperó. Lusmilda se levantó incrédula:

—Esto es demasiado para un solo día, creo que voy a mi cuarto a tomarme un té de tilo bien fuerte para calmarme los nervios. Eso sí tienen que saberlo tus padres.

La hermandad del bosque

El día en el que Ramia encontró a los pandilleros y los llevó al bosque, se les iluminó la cara cuando entraron a una casa limpia, ordenada, con flores frescas en la mesa, helechos en la entrada y orquídeas en los árboles. Brisa soltó un suspiro: —Yo quiero vivir aquí, luego los demás uno por uno, con palabras de su escaso vocabulario, expresaron su sentir. Se sentaron frente al fogón de la cocina en donde una vieja y deformada olla de aluminio hervía una yuca cortada en pedazos. Mientras esperaban la comida Ramia habló: —Lo que ocurrió en la ciudad no debe volver a repetirse, vamos a establecer la costumbre de expresar cada sentimiento que nos haga sentir incómodos y vamos a conversar hasta encontrar la solución, el bien del grupo debe estar siempre sobre el bien del individuo y la justicia y la verdad por sobre cualquier necesidad personal o mezquina. Los nuevos residentes escuchaban con atención, Ramia se había ganado su respeto cuando había logrado detener la pelea entre Pito y Garrapata y hacerlos amigos. —Ya no seremos los pandilleros, eso suena a malhechores fuera de la ley, de ahora en adelante seremos... seremos... Ramia no encontraba las palabras, Luna terminó la frase: —La Hermandad del Bosque, y mostrando su muñeca agregó—, me lo dijo Mi´ja. Los demás extrañados porque Luna hablaba poco y eso había sido una excepción. Luna bajó la mirada un poco avergonzada pues creyó que su idea había sido rechazada. Cuando Ramia dijo: —Es un excelente nombre, se tranquilizó. La yuca estaba lista, pusieron la olla en el centro y en unas hojas de plátano colocaron las raciones, les agregaron un poco de sal y comieron.

Salían juntos a buscar raíces, frutas y hojas, Ramia les fue enseñando cuales eran buenas para comer, llenaban sus bolsas y las traían a la casa, las almacenaban para cocinarlas o comerlas crudas. En uno de esos días fue cuando Garrapata divisó la llegada de los empleados del Gran Teatro de Oklahoma corrió con la noticia y todos bajaron a ver como abrían el espacio para la fiesta, escondidos, vieron el progreso de los trabajos y observaron la llegada de todos los niños el día de la fiesta. Cuando los Gemelos Waterloo y Enrique III llegaron, se acercaron entre los arbustos, los vieron subir la montaña por el borde del riachuelo. Ramia con una seña dio la orden de hacer silencio, se mantuvieron escondidos mientras los seguían sin dejarse ver. Así, vieron a los Waterloo tirarse al agua de la pequeña poza, también siguieron a Enrique III cuando caminó por la vereda hasta la casa y regresó a contarles a los gemelos, escucharon la conversación y los vieron acercarse, Enrique III entró y casi inmediatamente salió corriendo asustado, chocó con los gemelos y corrió nuevamente hasta perderse. Los Hermanos del Bosque se reunieron para comentar lo sucedido, primero Brisa sonrió recordando la cara del asustado pelirrojo, después Pedro comentó sobre la caída de los tres y la posterior carrera. Ramia dijo: —Se estarán preguntando por qué pedí silencio y no permití el contacto con los visitantes. —Sí, —dijo Pito, podríamos haberlos invitado a comer yuca, tenían cara de buenas personas. —No siempre las personas que tienen caras de buenas lo son, es mejor ser prevenidos, nuestra hermandad vive en un delicado equilibrio que puede ser roto con la menor variación. Hemos aprendido a vivir en paz, en armonía con la naturaleza, en amistad y fraternidad entre nosotros. Incluir o aceptar nuevos elementos puede ser el fin de ese balance –explicó Ramia.

—Y por qué a nosotros sí nos aceptaste. —En ese momento estaba sola, buscaba a mi padre que se había ido, al verlos me sentí acompañada, como si hubiera encontrado a mis hermanos, sentí su soledad, que era igual o peor que la mía, al menos yo había tenido el amor de mi padre, sin embargo, ustedes estaban en un abandono que yo apenas empezaba a sentir, entonces utilicé la fuerza que me daba mi instinto de sobrevivencia y dejé que saliera de mí lo que sentía en ese momento y cuando Pito y Garrapata se abrazaron llorando arrepentidos de su violencia, supe que ustedes necesitaban de mí tanto como yo de ustedes. Sin embargo, esos niños, con sus extrañas ropas, con su forma de mirar y de caminar, no me inspiran confianza, es mejor dejarlos ir a sus vidas y a sus travesuras. Solo esperemos que se queden allá y no regresen. Ahora vamos, tenemos que trabajar. Brisa y Luna, su tarea es recolectar moras silvestres para hacer una bebida, Pito y Garrapata, recolectarán leña para el fogón y tú Pedro revisas las trampas para ver si ha caído algo para comer esta noche.

Fedro y Aimar

Josh nunca dijo a nadie que Fedro era su hermano, no lo creyó necesario porque su relación con él había sido tan efímera y lejana que solo el lazo sanguíneo lo inducía a darle abrigo y sustento por el trabajo de barrer, limpiar las jaulas, atender a los personajes raros del circo y limpiar los encierros de los animales.

En sus idas y venidas por el teatro, Aimar vio a aquel hombre serio, meditabundo, lento y misterioso y se le acercó, le extendió la mano y se presentó: —Soy Aimar, la hija de Josh Artemisa. Fedro no aceptó la mano pero sí el saludo, la miró con atención, una mirada que penetró en el alma de Aimar, sintió en su subconsciente la fuerza del lazo que los unía, que los dos habían olvidado, Fedro se le acercó despacio y la abrazó por veinte segundos, la fuerza, no física si no emocional del abrazo los hizo llorar en silencio, ninguno de los dos sabía por qué. Después de ese día, Aimar lo buscaba, le hablaba, contándole cosas triviales, ingenuas y sin importancia, Fedro escuchaba y a veces sonreía, Aimar no esperaba respuesta porque creía que

Fedro era mudo. Sin saberlo estaba cultivando el amor que había germinado hacía once años y ahora florecía. Después de cumplir sus tareas diarias en El Gran Teatro de Oklahoma, Fedro salía a recorrer la ciudad, merodeaba sin rumbo ni trayectoria, su recorrido no trazaba ninguna figura geométrica, era completamente fortuito y aleatorio, igual podía caminar en línea recta por kilómetros como podía dar vueltas por horas alrededor de un parque o quedarse quieto sentado en una acera hasta que alguien, incomodado por su presencia, le mandaba a moverse. Fedro obedecía sin oponer ninguna resistencia y continuaba con su viaje nómada, su caminar ambulante, si sentía hambre buscaba, por instinto, frutas en los árboles de las calles horas después, regresaba al Gran Teatro de Oklahoma y se acostaba y esperaba a Aimar que siempre llegaba a darle las buenas noches.

El secreto

En la Escuela de El Mundo, después de la fiesta de Aimar, los chicos no paraban de hablar de la experiencia, Jaidev decía que ese bosque le recordaba los de la India, que allá había muchos templos en ellos, en uno habitaban monos, eran los reyes del lugar, en otro proliferaban las ratas que eran alimentadas por los indios. Las vacas caminaban libremente por las calles permitiéndoles hacer y deshacer a su antojo porque al igual que a las ratas las consideraban sagradas. Enrique III dijo que en Portugal sí se comían a las vacas, que no había monos. Los gemelos Waterloo decían que en California había cocodrilos, sus padres tenían uno como mascota. Valeria contó que cuando llegó a su casa se había sentido muy mal porque había comido mucho y se había balanceado mucho en los columpios y eso la había enfermado del estómago.

La profesora de español, la señorita Yiliam, les pidió hacer una crónica desde su perspectiva, debían describir cada detalle del día, en cualquier orden o secuencia, narrar la experiencia de la forma más emocionante, podían agregarle ficción. Enrique

III pensó en narrar el encuentro de la casa del bosque, como había sido un acto de desobediencia no podía confesarlo en público, después pensó que tal vez podía hacerlo pasar como ficción. En el recreo los gemelos Waterloo sospecharon de la necesidad del pelirrojo de contar el secreto y le recordaron la promesa de guarda la prohibición de contar a alguien sobre la casa del bosque. Enrique III juró que el secreto quedaría como en una tumba, besó la cruz hecha por su dedo índice y pulgar, los gemelos le dijeron que ese beso en esa cruz no significaba nada para ellos puesto que no eran cristianos, que solo era necesario el silencio absoluto sobre lo sucedido, que, si rompía la promesa simplemente también le romperían los dientes. Enrique III tragó grueso y hasta ahí llegó su idea de agregar la aventura a la crónica.

Guillermo los observaba y la sospecha de que esos tres se traían algo entre manos se volvió seguridad. El día anterior, en el bus le habían dicho que hablarían después, ya era un día después, dejó que los Waterloo se alejaran, pensó que era más fácil sacarle información a Enrique III solo, que si estaba junto a los gemelos, se le acercó despacio, como sin objetivo, viendo para otro lado y cuando pasaba cerca de él hizo como si acabara de darse cuenta de que estaba ahí dijo: —Henry The Third. Se lo dijo en inglés como solía hacerlo cuando compartían cercana amistad, el pelirrojo saltó asustado, estaba nervioso después de las amenazas de los gemelos, preguntó: —Guillermo has brincado como si hubieras visto un fantasma. —No, para nada dijo Enrique III alejándose, sabía que conversar con él le iba a traer problemas. Guillermo lo siguió y el pelirrojo aceleró el paso Guillermo también. —Para dónde vas tan rápido. —Tengo muchas ganas de ir al baño, —respondió el pelirrojo, acelerando aún más el paso, llegó hasta los servicios sanitarios y entró. Guillermo se sentó en una banca a esperar que saliera. Mientras esperaba apareció la profesora Yiliam, parecía que no tenía mucho que hacer y deambulaba por los jardines buscando con quién hablar, se sentó junto a Guillermo y empezó un monólogo. Los seres humanos somos muy fáciles de engañar, primero creemos todo lo que nos dicen y somos nosotros mismos los que nos engañamos. Guillermo la miraba mientras pensaba: "Sí claro, nosotros tenemos que creer todo lo que ustedes nos dicen en clase, nada podemos comprobar, todo tiene que ser tragado y digerido". Pero mejor hizo silencio porque la conversación se alargaría demasiado y él quería que la profesora se fuera antes de que Enrique III saliera del baño. La profesora siguió con su monólogo, El Bosque Esmeralda es un lugar idílico, sublime, nunca imaginé que fuera tan bello. La gente de los pueblos puede perfectamente destruir la reputación no solo de una persona, si no la de un lugar como ese, y lo llaman folclor. Guillermo no pudo más y la acorraló: —Hace solo unos días usted nos dijo que en el Bosque Esmeralda había seres extraterrestres y hombres-pájaro, que un monstruo habitaba la Laguna Negra, sin embargo quedó demostrado, durante la fiesta de Aimar, que nada de eso había ahí. Yiliam sintió que su reputación y credibilidad había sido insultada y tenía que salvarla, insegura de sí misma respondió despacio: —Yo expliqué en el aula que todo eso era mitología, Separó las sílabas para darle énfasis a la palabra. En ese momento Enrique III salió del servicio sanitario, al verlo, Guillermo se levantó para seguirlo, pero la profesora no estaba dispuesta a dejarlo ir sin ser escuchada, tenía que terminar la conversación que se había iniciado y que la estaba dejando como una mentirosa, así que ella también se levantó y lo tomó del brazo: —Tú sabes lo que es un mito verdad. Guillermo suavemente le quitó la mano de su brazo y respondió sin voltear a verla mientras se alejaba: —Sí señorita, conozco la mitología griega, la romana, la mesoamericana, la de oriente medio y la del lejano oriente. Y corrió a alcanzar a Enrique III. La señorita Yiliam aún sentada preguntó: —Cuál de todas te gusta más.

Guillermo no la escuchó porque ya había desaparecido detrás del edificio principal.

Enrique III sabía que Guillermo venía detrás y casi corría para que no lo alcanzara, si hablaba con él iba a estar en problemas, era su mejor amigo y nunca le había escondido nada, el secreto de los Waterloo lo ponía entre la espada y la pared, la espada eran los gemelos y la pared era Guillermo quien logró alcanzarlo, lo tomó del hombro, lo giró ciento ochenta grados, lo puso contra la pared y se convirtió en la espada. —Tienes que contarme el secreto, —dijo despacio casi tocando la nariz de Enrique III con la suya. —¿Cuál secreto?, —preguntó el pelirrojo poniéndose todo lo rojo que puede ponerse un pelirrojo. —Qué fue lo que tú y los Waterloo encontraron en el Bosque Esmeralda. —Nada, no encontramos nada, —dijo poniéndose más rojo que un tomate. —Cómo, que nada, entonces por qué los cuchicheos, susurros y murmullos en el bus. —Ah, eso no es nada, es que a Freud le gusta Marna y a Frank le gusta Valeria pero no quieren que nadie se dé cuenta. —Me estás mintiendo, te conozco y sé cuando estás mintiendo, te pones rojo, muy rojo, mucho más rojo de lo normal, así como estás ahora, —lo dijo despacio y muy suave pues estaban tan cerca que no era necesario gritar, solo había que darle énfasis para que Enrique III sintiera en sus entrañas lo importante de la pregunta. —Si no me dices lo que encontraron allá, no te volveré a hablar en lo que nos queda de vida. —Y para qué quieres saberlo. —Saber qué, eso que vimos en el bosque los gemelos y yo. Enrique III había caído en la trampa. —Entonces sí vieron algo. Enrique trató de salir del enredo: —Vimos una cascada con una laguna muy linda y los Waterloo se bañaron y mientras ellos se bañaban yo caminé un poco y encontré una cueva… —hizo una pausa y exclamó—, Ay Señor de los Milagros, Ay señora de Fátima, ya dije lo que no tenía que decir. Guillermo lo tomó del brazo y mientras, lo arrastraba le decía: —Vamos a buscar a los gemelos. —No, por favor, me van a matar, —decía el pelirrojo, casi llorando.

Los gemelos los vieron venir y por la forma en la que Guillermo sujetaba el brazo de Enrique III, supieron que ya había soltado el secreto. Frente a frente los cuatro guardaron silencio, ninguno quería ser el primero en hablar pues no sabían por dónde empezar, las miradas de odio de los gemelos, de preocupación de Enrique III y de tranquilidad de Guillermo sostuvieron tanto tiempo el silencio que parecía que una bomba iba a explotar, no fue una bomba, fue la sirena de La Escuela de El Mundo que los hizo saltar, se había terminado el tiempo para oír la verdad de boca de los Waterloo, Guillermo dijo muy rápido: —Esta noche, los espero en mi casa a las siete, digan que tenemos una tarea en grupo por hacer, ahí me lo van a contar todo, todo, —repitió la palabra por si no habían entendido bien, no soltó el brazo de Enrique III, se lo llevó para que los Waterloo no le fueran a hacer daño.

El plan

Desde el cuarto de Guillermo se escuchaban risas y golpes en el piso, era Valeria que había venido a quedarse y bailaba mientras Marna tocaba música pop en el violonchelo. Era la época del año en la que llovía mucho y esa noche de la reunión entre Guillermo, Enrique III y los gemelos Waterloo no era la excepción, llovía a cántaros, parecía que el cielo se iba a caer, Guillermo sin embargo, no tenía la menor duda de que los tres convocados iban a llegar, aunque fuera en un bote de remos, lo sabía porque conocía el gusto de los californianos por la intriga, estaban acostumbrados a la búsqueda de emociones por medio de chismes y especulaciones o cualquier tipo de información que llevara a una emocionante aventura. El secreto del Bosque Esmeralda era exactamente ese tipo de situación, la lluvia, la noche y el encuentro con Guillermo eran condimento para la vida como en las películas de superhéroes. Sin embargo ya eran las siete de la noche y no había ni seña de ellos. Guillermo empezaba a dudar, al mismo tiempo se escuchó el sonido del intercomunicador del portón de entrada. Lusmilda, muy extrañada de que alguien pudiera venir de visita a esas horas bajo esa lluvia, lo contestó. En el pequeño altavoz se oyó la voz de Sam Barnard, el chofer norteamericano que transportaba los gemelos y a Enrique III. Lusmilda contestó de forma seca y breve pues no soportaba a aquel hombre que siempre la miraba con malicia y ya en una vez la había invitado a salir y en otra ocasión la había acosado con palabras sugestivas.

Lusmilda abrió la puerta, los gemelos y Enrique III, medio saludaron y entraron en tropel hacia la escalera de caracol, subieron y sin tocar la puerta, entraron al cuarto, Barnard también entró sin pedir permiso, Lusmilda sabía que no tenía ninguna necesidad de bajarse del automóvil y menos bajo aquel aguacero torrencial pues solo tenía que dejar a los niños. —¿Qué se le ofrece señor Barnard? —preguntó Lusmilda, en tono seco, que contrastaba con la humedad del ambiente. —Chocolate caliente: —pidió el norteamericano con su fuerte acento. —No hay chocolate, —dijo Lusmilda tan seria que hubiera atemorizado al más valiente, Sam Barnard no conocía el miedo cuando se trataba de mujeres, le sostuvo la mirada e insistió: —Té o café. Lusmilda estaba acostumbrada a ser directa y en su mente giraban las palabras que para decirle a Barnard. Por favor váyase, Barnard pareció leerle el pensamiento.

—Voy a esperar a los niños, el trabajo es rápido y yo no voy a regresar a casa para volver en media hora, tendré que disfrutar de su compañía. Puedo pasar y esperar en el salón. —No, espere afuera, en el automóvil, —ordenó Lusmilda ya perdida la paciencia. —Gracias señora, es usted muy amable. Como si no hubiera entendido, se dirigió a la sala y se dejó caer en un sillón, se acomodó sonriente y esperó. Lusmilda no reaccionó de forma externa, se quedó ahí de pie sin obedecer sus sentimientos que la mandaban a expulsarlo de la casa a escobazos.

Arriba, en la habitación de Guillermo, los cuatro amigos se sentaron en la alfombra. —No tenemos mucho tiempo, Sam nos espera abajo, dejemos claro lo que tiene que quedar claro, —dijo Frank y como si hubieran ensayado el discurso, Freud continuó: —Vimos una casa en el Bosque Esmeralda, parecía estar sola, nosotros le tiramos piedras a las ventanas pero nadie salió. —Este chismoso, —señaló a Enrique III—, se atrevió a entrar pero alguien o algo le tocó la cabeza y salió aterrorizado, nosotros no quisimos averiguar si el susto era fundamentado o no y corrimos con él. Lengua floja ya te lo ha dicho, lo que él no te dijo es... Frank terminó la frase:

—Que no pensábamos decírselo a nadie más, lo tienes claro. Guillermo asintió con la cabeza. Frank y Freud alternaban su monólogo como si quien hablara fuera una sola persona. —Tenemos un plan, vamos a inventar una excursión, diremos que la profesora Yiliam nos va a llevar otra vez al Bosque Esmeralda para hacer investigaciones sobre la biodiversidad del lugar, sus microclimas, sus raras especies de sapos y de ranas, toda la sarta de idioteces que inventan los investigadores, —dijo Freud.

—Vamos a ir solos, tú puedes unirte a la expedición si quieres, pero no debes decirlo a nadie, debes prometerlo por el Dios que tú veneras, —cerró diciendo Frank. —¿Y cómo vamos a llegar allá? —preguntó Enrique III. —Eso no lo sabemos todavía, —dijeron los gemelos al unísono—, está claro que estamos elaborando un plan, cuando lo concretemos lo conocerás.

En la planta baja de la mansión, Lusmilda había renunciado a sus intentos por deshacerse de Sam Barnard y se había ido a la cocina, dejándolo solo. Barnard sentado en el sofá seguía maquinando la forma de ganarse la aceptación de Lusmilda y la siguió hasta la cocina, ahí, dejó de utilizar palabras y pasó a acciones, se le acercó y trató de tomarla sin su aprobación, la tomó por la cintura y la presionó contra la pared susurrándole: —Yo te quiero y sé que tú me quieres, no haga las cosas más difíciles, un pequeño beso es todo lo que Sam quiere. Lusmilda usando todo el valor que corría por sus venas, forcejeó sin lograr escapar de los brazos del norteamericano.

Ivanov no podía dormir y salió de su cuarto para ir a la cocina a buscar un bocadillo y conciliar nuevamente el sueño.

Sam susurraba en inglés: —I love you, please love me, I love you. Lusmilda siguió forcejeando incapaz de hacer otra cosa, en ese momento Ivanov entró. —Parece que la señora no acepta sus caricias. Barnard ignorando a Ivanov intentó besar a Lusmilda. Aunque muy sorprendido por la inesperada situación, Ivanov tomó un cuchillo y en un perfecto español dijo: —Si usted no termina con su sucio juego inmediatamente, le juro que usted no sale vivo de esta cocina. Barnard soltó a Lusmilda, ella se alejó de él todo lo que el espacio de la cocina le permitía y se colocó detrás de Ivanov para protegerse. El cuadro era tenso, los tres callaron, en ese silencio la puerta se abrió y entraron los gemelos y Enrique III. Ivanov bajó el puñal, se dirigió hacia la mesa donde había pan y queso, se hizo un burdo sándwich y empezó a comer. —¿Podemos irnos? —interrogó Frank. —Ha parado de llover, —dijo Freud.

—Es tarde, —dijo Enrique III y salieron. Sam iba detrás de ellos visiblemente nervioso, no dijo ni buenas noches.

Ivanov y Lusmilda quedaron solos, se miraron en un largo silencio que fue interrumpido por Ivanov que bajó la mirada y rompió a llorar, entre sollozos dijo: —Te juro que lo hubiera matado si te hubiera hecho daño. Lusmilda al verlo llorar y hablar de ese modo, se le acercó, lo abrazó y se besaron.

El plan en accion

Al día siguiente, la maestra Yiliam exponía sobre las pirámides de Egipto, decía que en la nariz de la esfinge había una ventana a otras dimensiones, en las cuales había escuelas esotéricas de medicina alternativa, ahí los discípulos capaces de realizar desdoblamientos con su cuerpo astral podían entrar y ser instruidos por grandes maestros de épocas pasadas, en esa escuela habían estudiado Hipócrates, Galeno, Empédocles y los grandes médicos de todos los tiempos.

Frank Waterloo levantó la mano para hablar: —Mi hermano Freud y yo creemos que es necesario realizar una excursión al Bosque Esmeralda, no una simple excursión recreativa sino una excursión científica, queremos recolectar información sobre plantas y animales, insectos y reptiles que estamos seguros solo existen en esa región del mundo. Hasta ahora el miedo, la especulación y los mitos han impedido la llegada de los humanos a ese bosque. Gracias a Aimar y a su padre el señor Josh Artemisa, esos miedos y mitos han caído, es hora de que un equipo de investigadores como nosotros iniciemos estudios, de hecho, podemos pedir financiamiento al Concejo Superior Mundial para comprar equipos de laboratorios y de ese modo profundizar en lo que hasta hoy es desconocido. La profesora Yiliam se quitó los anteojos y se sentó, no estaba preparada para esa conversación, ni en sus más lúcidos sueños había pensado en regresar al Bosque Esmeralda, mientras lograba digerir tan atrevida sugerencia, Freud tomó la palabra: —Hemos hablado con algunos compañeros y todos estamos interesados en el proyecto. La profesora salió de su ensimismamiento y balbuceó no muy segura: —Hablaré con el director y con el profesor Cristian para ponerle una fecha al viaje, creo que es una excelente idea. Y continuó con Tutankamón.

En el recreo, Guillermo con una seña llamó a los gemelos, Enrique III no necesitó seña pues ahora seguía a los gemelos a todas partes, caminaron hacia un lugar alejado del jardín donde nadie escucharía. —No entiendo cuál es el bendito plan de ustedes, han convencido a la profesora Yiliam para que nos lleve al Bosque Esmeralda, —Exacto, —dijo Frank. —Correcto, —dijo Freud. —Así es, —dijo Enrique III—, ¿cómo vamos a ir a La Casa del Bosque con todo el ejército de estudiantes detrás y los cuatro ojos de Yiliam y Cristian encima. Estaba visiblemente alterado, la idea de ir, conocer e investigar sobre esa casa, no lo había dejado dormir y ahora el sueño lo había puesto hipersensible, incluso sentía que en cualquier momento rompería a llorar, sentía un nudo en la garganta. —No pasa nada, —dijo Frank.—Todo está bajo control, —dijo Freud. —Todo está bajo control, —repitió Enrique III. —¿Qué está bajo control? —preguntó Guillermo. —Todo el plan, Yiliam va a mandar una circular con la fecha y la hora del viaje al Bosque Esmeralda, firmada por el director, nosotros vamos a alterar esa fecha poniendo la fecha de una semana antes. En casa, nuestra institutriz y en tu casa Lusmilda, van a terminar firmando el permiso. Ese día, nosotros y ustedes, deliberadamente nos vamos a atrasar en casa para hacer creer a Barnard que vamos tarde y cuando lleguemos a la escuela ustedes van a esperarnos en la entrada, le diremos que ustedes también han llegado tarde y que todos se han ido, entonces le vamos a pedir que nos lleve hasta la entrada del Bosque Esmeralda y ahí emprenderemos el viaje a la más grande aventura jamás vivida hasta hoy por ninguno de nosotros. Guillermo analizó el plan, tuvo que admitir que era bueno, que era inteligente. Todo parecía perfecto exceptuando por un pequeño detalle, Jaidev y Harriete estaban detrás de un arbusto y después de haber escuchado todo, salieron de su escondite. Jaidev dijo: —Harriete y yo queremos ir. —Imposible —dijeron los gemelos al unísono—. Entonces, le decimos a todos lo que ustedes planean. Harriete agregó: —Mi varita mágica puede sernos útil. Los gemelos, Guillermo y Enrique III enmudecieron y con el silencio otorgaron el permiso a los dos nuevos miembros de la expedición.

La premonición de Mi´ja

Hacía ya dos años que la Hermandad del Bosque había sido fundada, muchos acuerdos habían sido tomados el día de su fundación, el bien común siempre debía estar por encima del bien individual, las emociones fuertes y egocéntricas debían ser controladas, las cosas debían decirse con calma y esperar al momento apropiado para decirlas, la propiedad individual, mínima, como la ropa y los artículos de aseo personal debían respetarse, no se debía causar dolor físico ni emocional a ningún ser, si no, hacer lo posible por aliviar el ya existente con todas los medios al alcance. Habían jurado con la mano en el corazón seguir esos lineamientos por el bien general, Ramia y Luna, lo lograban casi en su totalidad, Ramia porque estaba habituada a las leyes de la naturaleza y además era la más madura; Luna porque era la más ingenua y su naturaleza era pura y su sentido de la verdad era agudo, cuando había duda o cuando las circunstancias eran imprecisas y los miembros de la Hermandad discrepaban o la discusión se extendía, entonces Luna, con la ayuda de Mi´ja los sacaban del dilema. Ella no llegaba si no la llamaban, siempre estaba ahí, en silencio, jugando con Mi´ja, una muñeca que había encontrado en un basurero, la había limpiado, cosido sus partes rotas y confeccionado ropita. La llamaba Mi'ja y hablaba con ella sobre asuntos cotidianos como los pájaros, el riachuelo o el estado del tiempo. Cuando la llamaban para salir de la confusión, Luna acercaba su oído a la boca de la muñeca y le preguntaba, luego decía: Mi'ja dice que eso puede solucionarse pero que hay que esperar, la discusión debe terminar, debemos dejar de hablar del asunto, están discutiendo algo desconocido para todos, todo parece caos pero no lo es, hay que investigar, hacen falta pruebas.

Fuera de la casa, junto a la puerta tenían una campana que utilizaban para llamar a las comidas, para levantarse en la mañana, para la hora de dormir o cuando era necesaria una reunión. Los llamados eran diferentes según la necesidad, tenía su volumen, su forma, su tiempo, un número específico de campanadas, a veces eran cinco golpes distanciados, varios grupos de tres golpes uno fuerte y otro suave y luego otro fuerte, otras veces eran golpes aumentando el volumen y la velocidad. El llamado a una reunión de emergencia era golpes largos y fuertes. Esa mañana Luna llamó a todos a una reunión. Desde sus lugares de trabajo todos empezaron a llegar un poco extrañados, hacía bastante tiempo que no se había solicitado una reunión de emergencia. Luna sentada con Mi'ja en sus regazos, los observó tranquila: —Mi'ja me ha pedido llamarlos, ella dice que debemos prepararnos porque viene un tiempo de revolución, nuestra hermandad está en peligro de desaparecer, el balance, el orden, la armonía que disfrutamos, son muy frágiles, el más mínimo movimiento en falso, la más pequeña acción equivocada, el más pequeño elemento extraño que aparezca, puede desequilibrar todo, debemos estar atentos a cualquier cambio, hasta las nubes y la dirección del viento pueden darnos señales que debemos interpretar y seguir, tienen alguna pregunta. —De dónde viene esa información, —preguntó Garrapata. —No sé, —dijo Luna—, solo sé que no es la primera vez que Mi'ja ha tenido razón. —¿Cuándo va a suceder esa revolución?, —preguntó Ramia. —En una semana. —Y qué acciones debemos tomar, —Brisa preguntó con tono sarcástico acompañado de una sonrisa burlona. Luna acercó su oído a la boca de la muñeca. —Mi´ja dice que debemos movernos de aquí e internarnos más adentro de la montaña hasta las cuevas del Oso Azul en los picos nevados. —Vamos a dejar sola la casa, las eras y los jardines. —preguntó Pedro con tristeza.

—Debes soltar lo que sea en beneficio de nuestra libertad y el bien de todos, la oleada que Mi´ja ve venir es monstruosa, es muy difícil de contrarrestar, —terminó diciendo Mi´ja al oído de Luna.

No importaba lo que Mi´ja dijera, Ramia era quien aprobaba o rechazaba la sugerencia y debía dar la orden. Observó a los Hermanos y dijo con la seguridad que le daba la mirada de Luna: —Hoy mismo empezaremos a prepararnos, en cuatro días nos mudaremos a las cuevas del Oso Azul en los picos nevados.

Pedro y Pito por mucho tiempo habían sido rivales, cuando vivían en las calles de la ciudad competían por todo, lo que uno hacía, el otro buscaba como hacerlo mejor, lo que uno tenía lo quería tener el otro pero, desde que habían llegado al Bosque Esmeralda y empezado a practicar los acuerdos de la Hermandad, aprendieron, primero el uno y luego el otro, que la paz y la tranquilidad, la alegría interior que habían encontrado, valía la pena mantenerla. Era la idea de dejar todo botado que no resonó primero en Pedro y llamó aparte a Pito: —¿Qué piensas de todo esto? —No estoy seguro y puedo ver que tú tampoco lo estás. —Por qué no diste tu opinión? —Tú sabes lo que siente Ramia sobre las opiniones, no sirven para nada, tampoco puedo decir que es mi intuición porque la de Mi´ja es mucho más fina que la mía. Pito lo vio y confió en él. Lo que tú decidas hacer, yo te lo apoyo:

—Dijo inseguro de lo que decía.

Pedro fue a buscar a Ramia, la encontró aporcando lechugas, se detuvo unos metros antes para pensar mejor lo que le diría, como nada se le ocurrió decidió dejarlo a que saliera de su boca espontánea, la verdad. —He estado pensando sobre lo que Mi´ja le dijo a Luna. —Pensar no sirve de nada, hay que confiar en Luna y Mi´ja como siempre lo hemos hecho, ella dijo que debemos movernos y eso es lo que vamos a hacer, —dijo sin levantar la cabeza para no perder la atención en el trabajo. —Pito y yo nos vamos a quedar aquí, —dijo Pedro en voz casi inaudible. Ramia levantó la cabeza para mirarlo a los ojos. —¿Cuáles son tus razones? —Estamos pensando en el bien de todos, en la Hermandad, es necesario que alguien se quede cuidando la casa y todo lo que con tanto esfuerzo hemos construido, Pito y yo podemos enfrentar cualquier peligro que se presente y seríamos como una barrera para detener el peligro. Ramia aporcó otra lechuga y se puso de pie: —Veo que has aprendido que el sacrificio por los demás es la forma más pura de vivir, puedes quedarte si quieres, pero no creo que sea conveniente que Pito se quede también, no está tomando una decisión propia, está siguiendo tu opinión movido por el aprecio que te tiene. Una decisión tomada por aprecio y compañerismo también es una buena decisión, él confía en mí y yo no lo voy a defraudar, además, su fuerza y su inteligencia unida a las mías nos darán más posibilidades de triunfo cuando venga el enfrentamiento del que habló Mi´ja. Ramia continuó aporcando lechugas por unos segundos en silencio, luego dijo: —Deben ser muy cuidadosos con lo que hagan o digan a quienes sea que venga.

Semana monótona

Tal como planeado, el director de la Escuela de El Mundo había aprobado la idea de la expedición científica al Bosque Esmeralda, la profesora Yiliam había confeccionado las cartas con la información y los alumnos de sexto grado la tenían para llevarla a firmar. En el recreo, los cómplices, utilizando corrector y una pluma de gallina borraron la fecha original y pusieron la nueva siete días antes, sería un martes trece, la falsificación había quedado perfecta. Jaidev miró la maniobra con recelo, y cuando tocó falsificar su permiso de salida dijo: —No puedo hacerlo, mentir trae malas consecuencias, malas causas traen malos efectos, prefiero no ir. Los otros sabían que Jaidev tenía razón y aun así continuaron con el plan. Con todo listo regresaron a clases, los gemelos Waterloo, sin el menor remordimiento, Guillermo inseguro. La emoción que le producía la aventura ilícita podía más que su sentido de honradez.

Lusmilda leyó la nota: —¿Para qué quiere que firme? si de todos modos usted hace lo que quiere. —Solo fírmala, —dijo Guillermo impaciente. Ella firmó.

Los primeros días de la siguiente semana pasaron monótonos, el lunes Guillermo continuó con la lectura de Robinson Crusoe y Marna logró pasar de nivel en sus estudios de Violonchelo, había dejado de ser principiante y ahora era estudiante intermedia.

El martes, Lusmilda empezó a poner los pies sobre la tierra, a bajar la cabeza de las nubes, con canas en el pelo y arrugas solo en el cuello porque en la cara no tenía, era el primer beso de su vida. En los siguientes cuatro días habían evitado ver a Ivanov, sabía que lo sucedido no era malo, todo sucedió rápido y sin haberlo planeado. El miércoles, seis días después, apenas habían cruzado palabras, por la ventana del segundo piso lo vio bajándose de la limusina y se sonrojó, sentía vergüenza al verlo. Cuando él llegó a comer, ella se aseguró de que el plato estaba en la mesa y se escondió en la cocina, él comió y le llevó el plato, ella evitó su mirada. Ivanov había tenido dos experiencias matrimoniales en Rusia que terminaron en feos divorcios, por eso emigró, la situación le había creado un grado de inseguridad en relación a las mujeres. Le gustaba a Lusmilda porque lo hacía sentirse seguro, por eso se enamoró, sentía que ella era la mujer de su vida. Había dejado que pasaran seis días para que la experiencia se consolidara en silencio, dando tiempo para que aquel primer beso, tierno y espontáneo que le había sabido dulce, junto al sabor salado de sus lágrimas, madurara en el corazón de Lusmilda. Ese día no pudo más, entró a la cocina con la intención de poner las cosas sobre la mesa. Cuando lo vio entrar, Lusmilda giró hacia la pila y empezó a lavar los platos que ya estaban lavados. Ivanov de la forma más cotidiana preguntó, hay café. Lusmilda sin contestar fue hacia la cafetera y le sirvió una taza con leche y dos terrones de azúcar como a él le gustaba, le extendió la taza con la mirada baja, él tomó la taza, la puso sobre la mesa y tomándola de la mano, la atrajo hacia si, la besó de nuevo, esta vez con pasión, como el beso que da un hombre cuando está enamorado y que trasmite ese amor boca a boca. Lusmilda no se opuso, se entregó a él.

Abrazados, ya no solo se besaban en la boca, la frente, el cuello, se cubrían de besos y cuando otras necesidades más allá de los besos los impulsaron a quitarse la ropa ahí en la cocina, sonó el intercomunicador del portón principal. Lusmilda se cerró la blusa, Ivanov se subió el pantalón, ambos rieron como niños que estaban a punto de hacer una travesura. En el portón estaba Husaim Talib, preguntó por Guillermo. El rostro de Lusmilda cambió de expresión. —Ese entrometido otra vez, quiere hablar con el señorito Guillermo, le diré que no está. —No, —susurró Ivanov—, déjalo pasar, mientras habla con el señorito tendremos tiempo para nosotros. Lusmilda sonrió otra vez y oprimió el botón que dejó entrar al gitano, luego le dijo a Guillermo que lo buscaba el gitano Talib. Guillermo dejó caer a Robinson Crusoe sobre la cama y corrió escaleras abajo a recibirlo.

Con el segundo beso de Ivanov a Lusmilda y la visita de Husaim Talib la semana había dejado de ser monótona.

La historia de Husaim Talib

Husaim Talib entró temeroso, le extrañó que Lusmilda no abriera la puerta ni apareciera a recibirlo, sabía que Lusmilda no aprobaba su presencia, aunque no sabía por qué. No lo pensó más porque en los últimos días todo era extraño. Guillermo lo saludó de un apretón de manos, luego lo guió por las escaleras de caracol hacia su cuarto. Talib quedó maravillado de la majestuosidad de la habitación, no era solo el tamaño, impresionante por sí mismo, el altísimo techo, las dos puertas de entrar al cuarto eran enormes, los closets con escritura sánscrita le llamaron la atención, se acercó para leer, "La sabiduría no se adquiere, se cultiva" y preguntó: —Sabes lo que eso significa. Husaim lo sabía, le preguntó para ver si él sabía. Quiere decir que la sabiduría no viene de afuera, no se adquiere, sino que viene de adentro donde siempre ha estado, cultivarla significa hacerla crecer hasta saber quiénes somos realmente, lo encontré en un libro antiguo de la India. Lo dijo sin teñir la respuesta con ningún tipo de emoción y señaló un sillón para que se sentara. Guillermo emocionado por la curiosidad, impaciente por escuchar lo que Husaim necesitaba decirle, Talib notaba la ansiedad y el nerviosismo de Guillermo sin saber por dónde empezar ni si era una buena idea decir lo que había venido a comunicar. Optó por iniciar con una motivación: —Te voy a contar una historia, creo que te va a servir. —Es un mito o sucedió realmente, —preguntó Guillermo. —Es un mito pero los mitos están hechos para enseñarnos una lección, para preservar una verdad que de otro modo se perdería, —Husaim habló como si lo que decía necesitara respeto y atención—, hubo una época, nadie sabe hace cuánto tiempo atrás, cuando los seres sobre la tierra vivían en paz, no había malas ni buenas acciones, ni pecado, ni virtud, ni nada en que creer. No había negro, ni blanco, ni arriba, ni abajo, ni norte, ni sur. La verdad lo abarcaba todo. Nadie hacía preguntas, no eran necesarias las respuestas. Guillermo se levantó un poco extrañado de lo que oía y fue a la ventana a ver el jardín, imaginándose todo, sin bueno ni malo, sin preguntas ni respuestas. Husaim continuó: —Por razones que aún hoy no se conocen, aparecieron el bien y el mal, la vergüenza y el orgullo, el vicio y la virtud, vieron lo negro separado de lo blanco, el arriba separado del abajo, el norte del sur, tal vez creyeron que separando las cosas en opuestos podrían explicar todos los fenómenos y llamaron a eso conocimiento. Continuaron separando y empezaron a alejarse unos de otros, nació el yo y el tú, olvidaron el nosotros y aparecieron aquellos. Ahora había un mío y un tuyo, un más y un menos, un quiero y un no quiero, un me gusta y un no me gusta, el deseo de más y mejor, el progreso y el desarrollo. Esos seres no se daban cuenta que habían perdido la felicidad de tenerlo todo y encontraron la insatisfacción de tener solo una pequeña parte. Nació la necesidad de querer más, más y más para volver a tenerlo todo y ser felices. Ahora era difícil lograrlo porque el sentido de separación era muy fuerte, y así nació el enojo, la frustración, el miedo y la angustia. Quedó atrás la vida de paz y armonía que habían tenido cuando no había deseo. —Guillermo bajó la mirada: —Yo sé de qué estás hablando, yo sé lo que es la soledad, la angustia, el enojo y la frustración, conozco la miseria, tal vez no externa, porque nunca me ha faltado nada material, pero es miseria interna, del alma, vivo enojado, con miedo, angustiado, no se me nota porque tengo en mi cara la capacidad de mover los músculos de la risa. Husaim percibió la tristeza de Guillermo y antes de que él preguntara le dio la respuesta. Hay una salida, una forma de recuperar esa verdad que nos hace libres y nos da felicidad. Digo recuperarla porque no está perdida, sigue ahí en el fondo de nuestro ser, esperando ser descubierta porque está revestida por conceptos, ideas erróneas, hábitos perniciosos que tenemos que transformar para que la luz de esa verdad ilumine el camino hacia ninguna parte porque no necesitamos ir a ninguna parte, aquí, en este momento está la felicidad, la que teníamos antes de confundirnos y abandonarnos al deseo y al dar cabida a la furia. Guillermo lo interrumpió:

—Dónde está esa salida, cómo puedo encontrar ese camino. Husaim vio a Guillermo preparado para la respuesta aunque al mismo tiempo vio que aún no era el momento de decírselo. —Hay una niña que conocí perdida en la ciudad, la vi y me di cuenta que era la verdad hecha persona, no pude llevarla conmigo porque en ese momento me urgía cumplir con la responsabilidad de contar cuentos en una fiesta, cuando regresé a buscarla se había ido. Hay algo que no he logrado explicarme y no logro entender. Husaim hizo una pausa larga. Unos días después de encontrar a esa niña, Josh Artemisa, el payaso, me contrató para que contara cuentos en tu fiesta, la sorpresa, que luego se transformó en pánico fue cuando vi que la hija de Josh Artemisa era igual a la niña que yo conocí en la calle, no había duda, era una doble exacta. Los ojos de Guillermo que habían estado meditabundos, se abrieron, y atónito levantó la mirada. —Yo conocí a esa niña que tú conociste, la harapienta y sucia, yo la vi en la

Catedral de Nuestra Señora de la Compasión, cuando vi que era igual a Aimar me asusté también, le pregunté quién era, ella no me contestó, solo me abrazó y salió corriendo, no la he vuelto a ver, yo también quiero saber por qué son iguales. La historia que yo contaba en tu fiesta, de la que tú solo oíste el inicio y el final, no la inventé yo, está basada en otra historia que me contó Josh Artemisa cuando encontró la canasta donde estaba Aimar. Me dijo que la nota que venía era una nota en plural, decía "Cuida a mis hijas, tú lo harás mejor que yo". Entonces yo me imaginé que podía ser que en esa canasta vinieran dos niñas iguales, de hecho creo que así fue, lo que no me explico es por qué o como se separaron, una sucia viviendo como indigente en la ciudad y la otra limpia asistiendo a La Escuela de El Mundo con hijos de millonarios, entonces inventé el final, en el que las dos niñas se encuentran y comparten sus experiencias en un contacto de mente a mente. Husaim se levantó y caminó hasta la ventana, miró el jardín por un momento, luego regresó y habló pausado: —La ficción y la realidad siempre han ido de la mano, hay cosas en esta historia que nacen de la ficción y se vuelven realidad y otras realidades que podrían ser perfectamente ficticias. Tomemos el hecho real, que hay dos niñas iguales, lo sabemos porque ambos vimos a las dos, sabemos que Josh Artemisa no es el padre de Aimar aunque tengan el código genético como si fueran padre e hija y ambos tengan el corazón al lado derecho. El Bosque Esmeralda es el lugar en donde nuestra ficción puede empezar, quiero creer que la otra niña, la harapienta, sucia y descalza vive ahí, no me preguntes por qué, solo sé que ahí hay respuestas, lo sentí el día de la fiesta .Guillermo sonrió porque estaba esperando que Talib dijera exactamente eso y le preguntó: —Tú crees que el Bosque Esmeralda encierra las respuestas a este misterio de las niñas idénticas. Husaim contestó: —Yo nací en el Bosque Esmeralda, pero al otro lado de los picos nevados, lejos de aquí, mis padres gitanos habían llegado de Europa y no conocían muy bien el país, mi madre venía embarazada de doscientos cuarenta días y acamparon en ese bosque donde nací, cuarenta y cinco días después cambiaron de domicilio. Creo igual que tú, que en ese bosque hay misterios, gente que vive ahí como lo dice la historia, algún día me gustaría ir a investigar. Guillermo tragó grueso, estuvo a punto de decirle que él iba a ir, pero había hecho la promesa a los gemelos Waterloo y también consideró que un adulto podría arruinarlo todo.

La expedición crece

Aimar se había adaptado muy bien a la Escuela de El Mundo, tenía muchas amigas que la admiraban y la seguían por toda la escuela tratando de ganarse su atención. Valeria la consideraba su mejor amiga y cada vez que podían, bailaban rock and roll con la música de un pequeño reproductor de casetes, eran expertas en los pasos que copiaban de las bailarinas del Gran Teatro de Oklahoma, daban vueltas y volteretas, se levantaban sobre la espalda a veces una y a veces la otra. Los estudiantes de niveles inferiores se sentaban a verlas, ellas al sentir las miradas del improvisado público se emocionaban y trataban de hacerlo parecer profesional, soñaban con ser un día parte del espectáculo del Gran Teatro de Oklahoma.

Hasta ese momento solo seis estudiantes de la escuela conocían el plan de ir al Bosque Esmeralda, Frank, Freud, Enrique III, Guillermo, Jaidev y Harriete. Aunque Jaidev había renunciado al grupo, lo consideraban como cómplice porque estaba enterado. Harriete tenía dudas sobre su participación, los argumentos de Jaidev habían calado en su conciencia, tenía el temor que produce la conciencia de quien sabe que hay algo que ocultar, que hay que esconder la verdad detrás de una mentira. Pero decidió esperar, pensarlo mejor, consultarlo con alguien, antes de decidir si iba o no.

Faltaban dos días para el viaje ilícito al bosque sin la compañía de adultos. Valeria y Aimar bailaban Rock Around the Clock rodeada de admiradores, entre ellos Harriete y Jaidev que estaban deslumbrados. Harriete vio en Aimar a la persona que podía preguntarle para salir de su duda. Esperó que todos se fueran y mientras Aimar recogía la casetera y los casetes, se le acercó misteriosa. —¿Cuál es el misterio? —preguntó Aimar extrañada—, dime en qué te puedo ser útil. —Eres una chica inteligente y sabia, lo demostraste cuando decidiste hacer tu fiesta en el Bosque Esmeralda.

—Bueno, es un poco exagerado decir eso solo porque nunca creí en la sarta de inventos y me pareció divertido ir en contra de creencias sin fundamento científico. —Puedes guardar un secreto: —preguntó Harriete. —Una pregunta que incluye la palabra secreto siempre es muy tentadora pero si lo compartes deja de ser un secreto. Harriete sonrió: —Ves, esa es una respuesta sabia e inteligente—, puedes o no puedes guardar un secreto: —Insistió Harriete. —No quiero hacer promesas que no sé si voy a poder cumplir, no me digas ningún secreto, yo estoy bien sin saber algo que no necesito saber. Aimar tomó la casetera dispuesta a irse. Harriete la detuvo. —No te vayas, necesito tu opinión, hay algo que tengo que decidir, tal vez tu me puedas ayudar. Aimar se detuvo, no contestó y la vio como diciendo: —Está bien, suelta la pregunta. Es que me invitaron a una excursión al Bosque Esmeralda. —A mi también, es la que organiza la profesora Yiliam Moeno: —respondió Aimar. —No, esa no es, es la que están organizando los gemelos Waterloo y Guillermo. —No entiendo para qué los gemelos quieren organizar otra excursión si ellos fueron los que sugirieron a la profe

Yiliam la idea de ir todos. Es una larga historia: —dijo Harriete. —Larga historia, —repitió Aimar para sí misma—, cuéntamela, —dijo ahora muy interesada. Todo el asunto le olía raro pues siempre genera interés. Harriete le dijo con lujo de detalles todo lo que había averiguado en las reuniones con los aventureros californianos. —¿Cuándo es el viaje? —Pasado mañana, y yo no sé si ir o no, necesito que me aconsejes, estoy confundida. —Por qué no le preguntas a tu bola de cristal, —dijo Aimar sonriente. —Ya le pregunté pero no pude ver nada, se puso como nublada, las imágenes eran borrosas y no pude leer ese futuro, —dijo Harriete preocupada. —Tengo una idea. La cara de Harriete se iluminó. —Yo voy a ir también. —Ellos no van a querer una persona más en la expedición, —dijo Harriete claramente alarmada. —No tienen por qué saberlo, tú diles que no vas a ir, cuando llegue el día apareceré en la entrada de la escuela diciendo que el bus me ha dejado a mi también, y tu chofer nos llevará detrás de ellos, ellos no dirán nada porque tendrían que revelar el plan a Sam Barnard. Harriete hizo una última pregunta: —Cómo hacemos con Valeria, no se separa de ti. —Yo me encargo de ella, —dijo Aimar, cerrando la conversación porque Valeria venía de vuelta con Marna.

El día cero

A las siete de la mañana, la profesora empezó a llamar estudiantes en orden de lista, había seis ausentes, Guillermo, Aimar, Enrique III, Harriete, Frank y Freud.

En la entrada principal de La Escuela de El Mundo empezaron a llegar los que habían planeado llegar tarde, primero los Waterloo, que al ver el portón cerrado exclamaron con fingida preocupación: —Oh no, se han ido. —Quiénes, dónde, —preguntó Barnard preocupado por el tono de angustia de los gemelos. —La excursión, —dijo Frank.

—Al Bosque Esmeralda, —dijo Freud. Después de ellos, apareció Ivanov con Guillermo y Marna. Guillermo no había tomado en cuenta que Marna vendría con él, no sabía qué hacer, tenía que dejarla en la escuela e irse. —Vete Ivanov, déjanos aquí, tocaremos el timbre y entraremos a la escuela. Fue lo primero que se le ocurrió, luego pensaría qué hacer con Marna. Ivanov estaba parqueado justo detrás del auto de los gemelos que piloteaba Sam Barnard, eso lo puso incómodo, no soportaba verle la cara al norteamericano, desde la noche en la que se enfrentaron en la cocina por el amor de Lusmilda, se había desatado una guerra fría entre el ruso y el norteamericano. Barnard vio a Ivanov por el espejo retrovisor y tampoco quiso bajarse, el ruso lo ponía nervioso, en el fondo le temía, cuando lo amenazó matar si no soltaba a Lusmilda, su mirada había sido tan intensa y retadora, que no quería volver a enfrentarlo. —Tienes que llevarnos a la entrada del Bosque Esmeralda, —dijeron los gemelos a Barnard.

Ivanov se fue, Enrique III, Harriete y Aimar salieron de unos arbustos, estaban muy nerviosos, el sonido del portón que se abría los hizo saltar, nunca habían hecho algo así, mentir, falsificar documentos, escaparse de la escuela. Los gemelos Waterloo despidieron a Barnard, él desconcertado preguntó: —¿Y el viaje al Bosque? —No vamos, nos quedaremos. Abrieron el portón y todos entraron en fila, nadie dijo palabra, nadie hizo preguntas. Guillermo llevó a Marna al aula de cuarto grado y los demás entraron a la de sexto. La profesora al verlos entrar preguntó: —¿Qué pasó, por qué llegan todos tan tarde? —Demasiado tráfico profesora, parece que había un accidente en la autopista, —dijeron los gemelos repartiéndose las frases como siempre. —Les tengo una sorpresa, voy a ir con ustedes a la excursión del Bosque Esmeralda. La profesora esperaba gritos de alegría pero nadie reaccionó. Jaidev para romper el silencio dijo: —Qué bueno profesora, estoy seguro que la vamos a pasar muy bien con usted.

Durante el recreo, los gemelos estaban furiosos, nada había salido como lo planearon, habría que volver a falsificar los permisos de la excursión y explicar en casa por qué habían pospuesto el viaje para una semana después, a Guillermo le pidieron explicaciones de cómo se había enterado Aimar del asunto, Enrique III juró con la cruz de su mano que él no había sido. Harriete confesó. Con el plan tan expuesto, los gemelos dijeron que no habría otra excursión fuera de la organizada por la escuela. Esto era una mentira para hacer un nuevo plan, uno que no incluyera ni a Harriete, ni a Aimar, ni a Guillermo y mucho menos a Enrique III que había revelado el secreto a Guillermo y lo había echado todo a perder.

Nuevos planes

Los gemelos gestaron un nuevo plan, irían solos, este plan tenía un inconveniente, a ellos les gustaba mandar, sentirse jefes, si no había subalternos el viaje no tenía gracia, no era emocionante para Frank darle órdenes a Freud y viceversa, eran necesarias otras personas para poder asumir la posición de jefes. Primero llamaron a Enrique III, el pelirrojo dijo que no le interesaba esa aventura, ya sabía lo que iba a encontrar ahí y no quería arriesgar ser castigado, lo que no les dijo fue que Guillermo había elaborado otro plan sin incluirlos a ellos. Llamaron a Jaidev, que usando otra vez los argumentos de la falta de ética, volvió a decir que no. Los gemelos no tenían una relación muy estrecha con Aimar, era muy inteligente, era segura de sí misma, no era manipulable, podría traer problemas así que decidieron no invitarla, quedaba poca gente a la que podían involucrar en su aventura y decidieron intentarlo con Valeria. Cuando Valeria escuchó la oferta no podía creer qué los gemelos Waterloo la tomaran en cuenta. Y les preguntó si podía invitar a Aimar, ellos contestaron con un rotundo no, luego preguntó si podía invitar a Harriete y aprobaron la petición. Harriete aceptó encantada. Ahora los Waterloo tenían a quien dar órdenes. Esta vez no se arriesgarían a involucrar la escuela así que escogieron un sábado para el viaje.

Sin saberlo, Guillermo también planeó su viaje con Enrique III para ese mismo día. El viernes Guillermo llamó a Aimar, estuvieron tomados de la mano y hablaron de tareas y asuntos de la escuela pero ninguno de los dos mencionó el viaje. Guillermo no quería involucrar a Aimar en un viaje que podía ser peligroso. Aimar le dijo que se había ilusionado mucho con la idea de ir al bosque sin adultos y cuando el plan fracasó se desilusionó.

A las ocho de la mañana Guillermo recogería a Enrique III. Llevarían merienda, sombrillas y capas, en caso de que lloviera, botas de hule, curitas, alcohol de fricciones, mecate, binoculares y brújula, aunque el camino estaba ahora muy bien demarcado hasta el plantel donde había sido la fiesta, después de ahí era señalado por la quebrada hasta La Poza de Los helechos. Llevarían un puñal, aunque no sabían para qué sería útil, lo llevaban porque todos los aventureros siempre llevan un puñal. También era necesario llevar un pantalón, una camisa, unos zapatos y unas medias extras, para cambiarse y regresar limpios sin despertar sospechas.

Guillermo no quiso mentir mucho a Lusmilda y le dijo que había un picnic con sus compañeros, que iban a ir a un parque a jugar fútbol y le pidió que le preparara una merienda, Lusmilda, pensando en quedarse sola con Ivanov, le preguntó si no iba a invitar a Marna. Guillermo dijo que no, argumentó que tenía suficiente responsabilidad cuidándose a sí mismo. Marna entró a la cocina todavía somnolienta y al escuchar los argumentos de Guillermo dijo: —Yo me puedo cuidar sola, no necesito que me cuide nadie.

Guillermo pidió a Ivanov que lo llevara al parque del norte, primero pasaron por Enrique III que ya había pedido permiso, dijeron que regresarían como a las dos de la tarde.

El parque estaba a unos diez minutos a pie de la entrada del Bosque Esmeralda. Cuando llegaron había mucha gente, se celebraba el Día Cuatro Mil de algún niño. El equipo de artistas del Gran Teatro de Oklahoma entretenía al homenajeado, Guillermo pudo divisar a lo lejos a Husaim Talib contando cuentos, no se acercaron, no quisieron llamar la atención. Retrocedieron tratando de no ser notados, no lo lograron porque Aimar los vio y corrió a su encuentro, ignoró al pelirrojo y abrazó a Guillermo. —Has venido como invitado. —No, —dijo él. Enrique III, orgulloso, espontáneo y sin malicia, para llamar la atención de Aimar dijo: —Vamos para el Bosque Esmeralda. Aimar sorprendida miró a Guillermo, Enrique III continuó: —Vamos a ir a visitar la casa que hay ahí. Aimar esperó que Guillermo le diera alguna explicación, esperó sin que él explicara nada, tartamudeó unas sílabas incoherentes, algo así como: —Eh, eh, ah, ah, este… finalmente dijo: —Quieres venir con nosotros. Y se contestó a sí mismo: —Supongo que no, debes estar muy ocupada ayudando a Josh. —Para nada, más bien estaba aburrida, no conozco a nadie, ya he escuchado todas las historias de Husaim y estaba pensando qué hacer cuando te vi, voy a ir donde papá y le diré que voy a ir contigo, que regreso en un par de horas. Y se fue corriendo. Guillermo miró a Enrique III y se dio cuenta que el chico no se había enterado de lo que acababa de suceder.

La cueva del oso azul

El nombre de la cueva del Oso Azul provenía de una historia muy antigua, se decía que ahí, había vivido un oso de color azul, los ojos rojos como rubíes, las uñas como marfil y su piel era dulce como la miel y quien la comía obtenía sabiduría sin límites. Un rey, cuando escuchó de la existencia del Oso Azul, ofreció cien carretas de oro a quien lo trajera vivo o muerto y cincuenta a quien trajera información de su paradero. Un hombre, presionado por su mujer fue a buscarlo, con tan mala suerte que en el camino, quedó atrapado en una tormenta de nieve. Desesperado gritó pidiendo ayuda, el Oso Azul en su madriguera lo escuchó y salió a buscar a quien estaba en peligro, encontró al hombre cubierto de nieve, lo sacó, y lo llevó a salvo a su madriguera donde lo calentó con su cuerpo, cuando el hombre estuvo a salvo, le dijo al oso que en agradecimiento por haberlo salvado, le pidiera lo que quisiera, entonces el oso le pidió que no revelara a nadie dónde estaba su guarida. El hombre prometió guardar el secreto, cuando vino de vuelta la codicia y la ambición le recordaron las cincuenta carretas de oro prometidas a quien llevara información sobre el paradero del oso, el hombre llegó donde el rey y reveló donde vivía el oso, rompiendo la promesa. El rey mandó a sus soldados al lugar indicado por el hombre, atraparon al oso y lo trajeron al palacio. Cuando el rey dio la orden de matarlo, el Oso Azul habló, le dijo al rey lo que había pasado y que había sido traicionado, el rey, un hombre consciente y justo no pudo matar a un ser tan bondadoso y noble como ese Oso Azul y le permitió regresar a las montañas. El hombre traidor fue expulsado del reino, por malagradecido y falto de honestidad al traicionar a quien le había salvado la vida.

Desde la casa de la Hermandad del Bosque, la distancia a La Cueva del Oso Azul no era mucha, sí era difícil porque el camino era muy empinado y muy pronto aparecía la nieve de los picos nevados. Ramia, Luna y Mi´ja caminaban casi arrastrando los pies, parecía que nunca iban a llegar, el viaje se hacía interminable hasta que, de repente, apareció frente a ellos la entrada a la cueva, todavía había luz suficiente para preparar el campamento, sin embargo la noche estaba cerca. Ramia estaba satisfecha porque habían hecho el recorrido en menos tiempo del planeado, dejaron caer los bultos, las bolsas y los utensilios y se sentaron a descansar. Hacía frío, se podían ver parches de nieve en los alrededores, de ciertos lugares de la cima se podía ver la meseta del sur y el valle del norte, la tierra se extendía a los cuatro lados hasta perderse en el horizonte. Ramia se quedó de pie: —Hemos venido obedeciendo a la premonición de Mi´ja, quien ya en otras ocasiones nos ha aconsejado y se ha demostrado que su intuición es certera. Aquí podremos estar seguros porque es muy difícil que alguien venga hasta estas alturas, la comida aquí es escaza creo que lograremos vivir aquí al menos unos quince días hasta que haya pasado el peligro, luego volveremos a nuestra casa. Brisa preguntó: —A qué clase de peligros te refieres cuando dices que abajo estaríamos en peligro. Sin poner su oído en la boca de Mi´ja Luna respondió con otra pregunta: —Cuánto tiempo habías vivido en la calle antes de que Ramia nos encontrara y nos trajera a la montaña. La pregunta de Luna remitió a Brisa a un pasado, la angustia de ese pasado regresó a su corazón y memoria. Su madre, una alcohólica prostituida la había desamparado a su propia suerte con solo mil días, lo había olvidado porque no quería recordarlo, lo había borrado de su memoria para no revivirlo y guardó silencio. Luna pudo ver el temor, el dolor, el sufrimiento y el miedo dibujados en su rostro y continuó. Al peligro de volver a ese mundo, ese es el peligro al que nos referimos, recuerdas a aquellos niños que llegaron hace unos días, vestidos como militares y el pelirrojo que entró a la casa, recuerdas que tiraron piedras sin antes averiguar si había alguien en la casa, antes de saber si quienes vivían ahí, eran gente de paz. Atacaron, agredieron sin motivo, la violencia que traían dentro los hacía incapaces de razonar, de reaccionar con compasión y ecuanimidad, corrieron muertos de miedo porque el miedo, la codicia y la ignorancia envenena sus mentes. Brisa no habló más. Ramia iba a entrar a la cueva, Garrapata la detuvo— Déjame entrar a mi primero, puede haber algo ahí adentro. Encendió una improvisada antorcha con una rama y unas hojas amarradas con una cuerda y entró. Ramia, Luna y Brisa esperaron, luego Garrapata salió: —Está vacía, podemos pasar. Ya adentro sacaron sus sencillas pertenencias, extendieron sus cobijas y prepararon un pequeño fogón cerca de la boca de la cueva para hacer una bebida de arroz molido para dormir.

Cerro abajo, en la casa, Pedro y Pito habían hecho un plan para cuando aparecieran los intrusos, siguiendo las instrucciones de Mi´ja de no mezclarse con ellos, de mantenerse alejados y espantarlos. En caso de que los intrusos llegaran inadvertidos se mantuvieron la mayor parte del tiempo fuera de la casa. Recogieron una buena munición de piedras, ni muy grandes ni muy pequeñas, para tirar al techo y producir ruidos, atraparon varios murciélagos y los encerraron en una jaula que cerraron con una pequeña puerta a la que ataron un largo mecate del que tirarían para abrirla y dejar salir los murciélagos para asustarlos, prepararon pinturas con grasa de conejo mezclada con tierras de colores para, pintarse como los pieles rojas en caso de una batalla cuerpo a cuerpo. Pito y Pedro eran expertos imitando el sonido de los animales del bosque, sabían cómo cantar como pájaros, aullar como monos, rugir y gruñir, utilizarían todas esas habilidades para ahuyentar a los intrusos. Se escondieron y practicaron. Cuando estaban en la casa, siempre uno de los dos hacía guardia en la ventana. Todos los planes y ardides habían sido ensayados y los dos niños esperaron, no sabían cuánto tiempo, solo sabían que la espera era parte del plan y que debía ser milimétricamente ejecutado para cumplir la promesa y lograr que los intrusos huyeran despavoridos para nunca más regresar.

El huracán

Pasó un día, dos, y tres en los que Pito y Pedro cada mañana después de desayunar, preparaban la jaula de los murciélagos, se pintaban la cara y se escondían junto al montículo de piedras que esperaban ser usadas como proyectiles.

Y llegó el sábado, el mismo sábado que los Waterloo con Valeria y Harriete habían planeado ir a buscar la casa del bosque. El mismo sábado que Guillermo, Enrique III y Aimar se encontraron en el parque norte.

Guillermo, Enrique III y Aimar se detuvieron frente al rótulo que decía Bosque Esmeralda y más abajo en letras mayúsculas, peligro y más abajo, prohibida la entrada. El letrero cumplió su objetivo, sembró en ellos la duda de si era una buena idea entrar sin la compañía de adultos, nadie comentó en contra o a favor, todos estaban ahí para entrar y siguieron, caminaron hasta llegar al plantel donde se había efectuado la celebración y se sentaron a descansar. La Laguna Negra frente a ellos, oscura y silenciosa. Guillermo dijo a Enrique III: —Ahora es tu turno de guiarnos, de aquí en adelante solo tú has estado en ese trayecto. En esa etapa del trayecto aunque corto, no había sendero marcado, había que caminar despacio, observando atentos para no dar un paso en falso. Aimar no venía vestida adecuadamente para la excursión, vestía falda y delicadas zapatillas que pronto estuvieron sucias y llenas de lodo, no dijo nada, porque desde que decidió sumarse a la aventura sabía que eso pasaría, Guillermo lo notó y sacó un par de zapatos deportivos que traía extras y se los ofreció, le quedaron grandes pero se sentían mejor para caminar en aquellas condiciones. Mientras Aimar se cambiaba de zapatos sentada en una piedra cerca del río, se escuchó un trueno. Aimar estaba terminando de amarrarse el segundo zapato y se mantenía en equilibrio sosteniendo la mano de Guillermo, cuando un segundo rayo cayó tan cerca que el fogonazo iluminó sus rostros y la electricidad los hizo saltar del susto. Aimar soltó la mano que la sostenía de pie y se tambaleó. Guillermo aunque lo intentó, no pudo sujetarla de nuevo, ella perdió el balance y cayó en el agua, la corriente era muy pequeña y cayó sentada. Al verla, Enrique III empezó a reír, en parte por lo divertido que se veía, en parte porque todo, los rayos, las gotas de lluvia que predecían un aguacero, la oscuridad y el cansancio, lo pusieron nervioso. Guillermo aprovechó el momento de jocosidad para calmarse y también sonrió, Aimar sentada empezó a reír también. Sus sonrisas eran nerviosas y espasmódicas, las sonrisas eran más constantes y finalmente fueron carcajadas que reverberaban en toda la selva, en todas las direcciones, los ecos llegaron al escondite donde Pedro y Pito esperaban a los intrusos, al escuchar claramente las carcajadas, sus músculos se crisparon. —Son ellos, —dijo Pedro. Los intrusos han llegado. Inmediatamente tomaron el mecate que abriría la jaula de los murciélagos, colocaron piedras listas para ser tiradas y Pedro indicó a Pito que se colocara en el extremo opuesto de la casa y que cuando cantara como pájaro bobo empezara a tirar piedras, él asintió con la cabeza y corrió a esconderse en el lugar listo y preparado para la operación.

Aimar empezó a levantarse, el agua estaba muy fría y sintió un escalofrío, casi al mismo tiempo el nivel del agua de la pequeña corriente empezó a crecer a una velocidad tal, que Aimar aún no había salido cuando el nivel del agua le llegaba a las rodillas, Guillermo notó el raro fenómeno, la tomó del brazo y la jaló, hizo lo mismo con Enrique III y se alejó de la corriente que ya empezaba a acarrear troncos de considerable tamaño. Cuando los tres chicos estaban a varios metros de distancia del cauce, el riachuelo había tomado proporciones de río y el sonido del agua era ensordecedor. Los tres corrieron para alejarse más de aquel monstruo que, tocándoles los tobillos, amenazaba con arrastrarlos. En la carrera, Enrique III resbaló y rodó por una ladera hasta caer en un hueco lleno de agua, no era muy profundo, pero sí lo suficiente para no salir ileso, intentó levantarse y no pudo. Guillermo se acercó y vio en sus ojos la angustia y el dolor expresados en su mirada, Guillermo bajó hasta el fondo del acantilado, trató de calmarlo diciéndole que iba a estar bien, lo examinó y descubrió que el tobillo derecho, se veía enrojecido y empezaba a inflamarse. Le ayudó a levantarse, puso su brazo en el hombro para que se apoyara y salieron del barranco donde Aimar los esperaba para ayudarlo a caminar. Buscaron un refugio seco donde esperar, la tormenta abatía la jungla sin piedad. A pocos metros de distancia, Pedro y Pito habían entrado en la casa para guarecerse del diluvio, buscaron con que secarse, encendieron el fogón y se acercaron para calentarse.

Aimar, Guillermo y Enrique III, empapados, no habían podido encontrar donde refugiarse, Enrique III dijo: —La casa está muy cerca de aquí, esa es La Poza de los Helechos, la reconozco porque de esa piedra se tiraron los gemelos. Y haciendo un gran esfuerzo, bajo la lluvia, resbalándose, lodosos y agotados, caminaron hacia arriba siguiendo las instrucciones de Enrique III que tenía que hablar muy cerca del oído de Guillermo porque su voz salía muy quedo y el sonido de la tormenta era ensordecedor. Entre las ramas y los arbustos, apareció la casa frente a ellos, el humo que salía por la ventana indicaba que había alguien adentro y aceleraron el paso hasta la puerta. Estaba cerrada, Guillermo tomó una piedra y golpeó con fuerza. Adentro, Pedro y Pito ignoraron los golpes, Guillermo volvió a tocar, esta vez gritó suplicando: —Ayuda, socorro, por favor ayúdennos. El tono de súplica hizo salir de su escondite a Pedro y abrió. Los cinco niños cruzaron sus miradas, de terror y de dolor otras de súplica y de felicidad. Guillermo asustado no dio importancia a las caras de apaches que tenía frente a él, al verlos no dijo nada, estaba cansado y feliz de haber encontrado donde descansar. Aimar tampoco reaccionó, fue la que pidió permiso para entrar: —Podemos pasar, necesitamos ayuda, él. —Señaló con la mirada a Enrique III—, se ha torcido un tobillo, Pito y Pedro respondieron a la solicitud haciéndose a un lado para dejarlos pasar, luego trajeron una cubeta con agua, trapos, jabón y cobijas. Los chicos se lavaron y aceptaron los trapos para recuperar el calor cerca del fogón. La lluvia continuaba golpeando el techo que ya empezaba a abrirse en ciertos lugares y dejaba entrar goteras que había que esquivar para no volver a mojarse. La penumbra no permitía que se pudieran ver con claridad sus rostros. Así pasó un buen tiempo en el que no hubo conversación, porque las lágrimas de dolor de Enrique III, no los dejaba pensar ni decir algo innecesario, lo que todos querían era aliviarlo. Pedro fue a otra habitación, donde muchas hierbas de diferente color y forma colgaban de las paredes. Arrancó varias de ellas y regresó, las metió en una olla con agua que hervía, esperó unos segundos, las sacó y dejó a que se enfriaran un poco. Cuando estaban tibias las tomó en sus manos y las frotó en el tobillo inflamado. Un poco más tarde, el dolor empezó a disminuir hasta hacerlo soportable. Enrique III dejó de llorar. Pito abrió una caja de dónde sacó pedazos de pan, sirvió cinco jarras de agua con dulce y ofreció la merienda a los visitantes. La lluvia había amainado, el dolor de Enrique III había disminuido. Ahora la respiración tranquila del intruso, los sonidos de la leña y el viento, empezaron a escucharse.

Los mercenarios

Habrían pasado tal vez diez minutos cuando nuevos golpes en la puerta rompieron la calma, esta vez no eran golpes de alguien con necesidad, eran violentos, agresivos, escandalosos rompiendo la recién establecida paz. Pedro se levantó a abrir, Pito, Aimar, Guillermo y Enrique III retrocedieron, el instinto los hizo agruparse en una esquina oscura para no ser vistos. Pedro abrió sin preguntar, confiado, porque la malicia y el temor habían desaparecido después de la llegada de los primeros chicos.

Al abrir la puerta, aparecieron vestidos con ropas de camuflaje y pasamontañas, dos chicos con metralletas que al disparar tiraban fuego por el cañón, empujaron a Pedro haciéndolo caer en el centro de la habitación, entraron seguidos por otros dos muchachos con igual extravagancia, gritando como energúmenos, aullando como animales y gruñendo como fieras, se colocaron en un semicírculo alrededor de Pedro que yacía en el suelo asustado. Los malhechores gritaban: —Don´t move, Stay down. Detrás de ellos, uno con voz más aguda no paraba de gritar: Haaa, haaa, haaa, haaa y el otro con una rama pulida y tallada con signos extraños, la agitaba mientras vociferaba palabras incoherentes e ininteligibles. Guillermo tenso y preocupado, observaba entre las sombras de la esquina donde se escondía, no reconoció de inmediato a los intrusos, no fue sino hasta que bajaron la guardia y empezaron a hablar con más calma que pudo reconocer a Frank y Freud, y vio que las de atrás venía Valeria vestida de ninja tirando patadas a diestra y siniestra y de último apareció Harriete con su varita mágica que hacía agitaciones mágicas sin ningún efecto. Al reconocerlos se relajó, salió de su escondite, se sorprendió al ver que ellos no lo reconocían, sino que volvieron a su actitud agresiva y violenta gritando: —No se mueva, quieto, un movimiento en falso le puede costar caro. Guillermo obedeció. Los Waterloo y las dos chicas actuaban irreconocibles, estaban transfiguradas, sus posturas, su forma de moverse y de hablar eran diferentes. Los Waterloo, se quitaron los pasamontañas y lo empujaron hasta acorralarlo en una esquina, con fuerza lo hicieron voltearse, le tomaron las manos y se las amarraron con mecate, hicieron lo mismo con un pañuelo en su boca. Aimar al verlos gritó: —Deténganse, Qué hacen, trogloditas, cavernícolas, energúmenos. Frank y Freud volvieron a empujar a Guillermo haciéndolo caer junto a Pedro, las chicas agarraron a Aimar, quien no estaba dispuesta a dejarse atrapar, forcejearon unos momentos pero dos contra una era demasiado y pronto estuvo amarrada y amordazada en el suelo. Enrique III y Pito, callados, estaban aterrados en la esquina oscura. Cuando Pito vio lo que hicieron con Aimar no pudo soportar la presión y empezó a llorar, sus sollozos llegaron a oídos de los Waterloo, se acercaron a Enrique III y empezaron a gritar en tono de malvado antihéroe: —Miren, es el lengua larga, es el lengua larga, hemos encontrado al lengua larga. Enrique III sacó fuerzas de donde no tenía y gritó:—¿Qué les pasa?, ¿Qué están haciendo? Los

Waterloo riendo a carcajadas respondieron —Somos mercenarios, venimos a atraparlos por estar disconformes con el sistema establecido, los vamos a llevar de vuelta a la sociedad de consumo para que aprendan a ser útiles al sistema. Cuando los mercenarios estaban distraídos con Enrique III, Pedro aprovechó el momento, se levantó y como una flecha salió de la casa, los Waterloo corrieron detrás de él para tratar de detenerlo pero, Pedro ya había desaparecido montaña arriba.

Pedro corrió gritando hasta llegar a la puerta de la cueva del Oso Azul, los gritos despertaron a Ramia, Luna, Garrapata y Brisa que ya dormían, asustados se escondieron en la última habitació, de pronto apareció una silueta en la entrada y se oyó un grito: —Soy Pedro, los intrusos han llegado, Pito y yo no pudimos detenerlos y han maniatado y amordazado a todos. Ramia encendió una candela y salió. Pedro sofocado contó toda la historia: —Son cuatro; dos mercenarios, una ninja y una bruja, dispararon metralletas sin lograr herir a nadie, la bruja gritaba conjuros, oraciones mágicas, están abajo. Todo están en peligro —Otros, quiénes, cuáles otros. Dos niños y una niña que llegaron primero, uno de ellos traía lastimado un tobillo, yo le hice un emplasto de cúrcuma y jengibre, se lo apliqué y le calmó el dolor, no habíamos hablado mucho cuando aparecieron los mercenarios con la ninja y la bruja. —Mercenarios —repitió Garrapata como para sí mismo—, tenemos que hacer algo. Luna sin inmutarse, en tono monótono y casi susurrado, dio la orden que acababa de recibir de Mi′ja, debemos esperar hasta mañana y con la claridad del día los enfrentaremos para hacerlos entrar en razón y saber lo que quieren. Debemos descansar y meditar muy bien el plan a seguir.

La noche transcurrió lenta, el silencio se volvió más profundo, la lluvia menguaba un poco para arremeter un rato después con igual fuerza.

En la casa del bosque, los Waterloo y las dos chicas hacían guardia vigilando a los cautivos. Enrique III dormía con el dolor de la pantorrilla un poco aliviado, Aimar trataba de pensar sin saber qué, al final decidió esperar a que las cosas se desarrollaran por sí mismas, haciendo un esfuerzo se durmió para acumular fuerza que necesitaría al día siguiente.

Fedro Artemisa

Hacía varios años que, después de cumplir con sus obligaciones del Gran Teatro de Oklahoma, Fedro Artemisa deambulaba por la ciudad con otros indigentes. Las declaraciones del Concejo Superior Mundial de que la pobreza había sido erradicada, no tenían ningún valor para él. El grupo de pordioseros, muchos de ellos drogadictos, enfermos mentales abandonados por su familia, eran sus amigos. Fedro no hacía comentarios, no hacía preguntas, ni entendía explicaciones, su alma era una página en blanco en un libro sin portada y sin título, sus pies encallecidos, sus manos con uñas largas y la cicatriz en la cabeza que le había dejado el golpe de la roca. En su rostro una sonrisa, era lo único que no había olvidado, su corazón mantenía la felicidad que había experimentado cuando vivía con Raima en la casa del bosque. Caminaba bajo la lluvia por la calle, cabizbajo, lento, con la seguridad de quién siente que no tiene rumbo, ni objetivo, ni lugar de llegada, la mirada puesta en un punto dos metros delante de él, observando las grietas del pavimento. Al cruzar de una esquina a otra, cuando iba por media calle sin mirar a un lado ni al otro, escuchó el sonido de una bocina que lo sacó del ensimismamiento, giró la cabeza hacia la fuente del pitazo y vio que era un bus que se acercaba a gran velocidad sin poder detenerse. Fedro se solidificó como una estatua de piedra, no podía moverse ni hacia atrás ni hacia adelante, el chofer del bus le movía las manos indicándole que se quitara del camino, sus ojos desorbitados, clavados en los de Fedro, ambos sin poder hacer nada. Cuando todo parecía perdido y la tragedia era inminente, Fedro sintió en su brazo una mano que lo agarró, lo arrastró al otro lado de la calle y lo tiró sobre la acera opuesta. El bus continuó su carrera sin detenerse, Fedro Artemisa rodó por varios metros hasta que su cabeza la detuvo el tubo de un poste de luz, su mente primero se oscureció, porque sus ojos y oídos dejaron de ver y oír, sentía en sus hombros manos que lo sacudían, sentía en su rostro dedos que auscultaban sus mejillas, frente y boca, poco a poco empezó a percibir luz y sonidos en su cerebro, vio un rostro frente a él, que le preguntaba: Estás bien Fedro, estás bien. Fedro se sentó sin responder, su respiración empezó a normalizarse, miró a su alrededor sin entender por qué estaba donde estaba porque lo último que recordaba era estar en el Bosque Esmeralda buscando leña, tratando de agarrarse de una rama: —Dónde estoy, quién es usted. —Soy Bartol Bris el gimnasta del Gran Teatro de Oklahoma, no me recuerdas, trabajamos juntos y gracias a mi entrenamiento pude saltar y salvarte de morir atropellado. —Vamos, le extendió la mano para ayudarlo a levantarse del suelo, la cara sonriente de Bartol lo tranquilizó. En el teatro te curarán los raspones, tienes un golpe en la cabeza. Fedro Artemisa no recordaba haber cruzado una calle, no recodaba el bus ni el pitazo, su rostro mostraba que su mente era confusión total y cruzaron de nuevo la calle hasta llegar a un rollo de carteles que habían caído en la acera. El gimnasta sacó uno y empezó a desenrollarlo, la cara de Fedro se encendió y dijo con preocupación: —Debo irme, mi hija me espera en el bosque. Salió corriendo hasta dar vuelta en una esquina y perderse. Bartol terminó de desenrollar el cartel que anunciaba: Gran presentación del Gran Teatro de Oklahoma con la mayor atracción, El payaso Tropezón, el más famoso, más divertido y cómico del mundo.

La búsqueda

La fiesta del parque había terminado, el sol había empezado a hundirse en el horizonte y Josh Artemisa había dado la orden a los cocineros, a los malabaristas y a los magos que empacaran su equipo de trabajo. Josh quedó solo con unas cuantas maletas con disfraces y utilería, miró su reloj, eran ya las seis de la tarde, y su corazón dio un vuelco. Aimar era muy puntual cuando decía una hora de regreso cumplía, esta vez había dicho, un par de horas y habían pasado cinco.

En la mansión De La Fuente, Lusmilda llamó a Ivanov preocupada por que Guillermo no aparecía, Ivanov la tranquilizó diciéndole que llegaría en cualquier momento, una llamada de alarma de los encargados de Enrique III por no saber dónde estaba desató un nerviosismo colectivo bajo el cual también las llamadas entre los encargados de los gemelos Waterloo, de Valeria y de Harriete se entrecruzaban, con el común denominador de qué nadie sabía qué hacer, lo único certero era que se habían ido esa mañana y a las seis de la tarde ninguno aparecía.

Josh expresó su preocupación a Husaim Talib, la presencia de su amigo y el compartir sus temores, le trajo un poco de alivio. Hablaron de lo poco que sabían, Husaim Talib pensó sin lograr encontrar una idea de dónde podía haber ido Aimar con Guillermo y Enrique III, ambos se sentaron con la esperanza de que Aimar apareciera en cualquier momento.

Llegó a oídos del indio Jaidev la noticia de la desaparición de sus compañeros. Sabía dónde habían ido, inseguro de decirlo porque sentía que no era su responsabilidad, entonces llamó a Elvis Delgado. Como no estaba enterado de las aventuras de los Waterloo, Elvis no entendía mucho, así que su visión sobre el asunto trajo ideas frescas a la solución. Elvis preguntó a Jaidev: —Has hablado con Husaim Talib. —Por qué habría de hablar con él, el conoce el Bosque Esmeralda como la palma de su mano, me lo dijo Guillermo, nació ahí, Jaidev pidió a su encargado, que lo llevara a buscar a Husaim a su casa, en el edificio donde vivía les dijeron que estaba en el parque norte en un evento de cumpleaños, allá fueron. Cuando Josh y Husaim escucharon los gritos de Jaidev, corrieron, él les dijo: —Guillermo y Enrique III se internaron en el Bosque Esmeralda para investigar una casa que los gemelos Waterloo encontraron el día de la fiesta de Aimar. —Le has dicho eso a alguien más, —No, fue idea de Elvis buscarte. Josh y Talib se dirigieron hacia allá.

Lusmilda no pudo más con la incertidumbre y llamó por teléfono a Tailandia a los señores De La Fuente, entre sollozos, ecos e interferencias de una llamada a tan larga distancia les explicó todo lo que pudo, los señores tomaron el primer avión de regreso a su país.

En los noticieros mostraron las fotos de los niños desaparecidos, se especuló que podían estar secuestrados. En Beverly Hills Arnold Waterloo vio la foto de sus hijos, su esposa la también actriz Anlica Hadsson no paraba de llorar y tuvo que ser tranquilizada con calmantes, se sentía culpable por haber entregado a otros la responsabilidad de la educación de sus hijos. La pareja de famosos para supervisar la búsqueda de sus hijos, voló al trópico en su jet privado. Los medios de comunicación cubrían la noticia de la llegada de los famosos artistas y de los señores De La Fuente. Al llegar Arnold Waterloo y Anlica Haddson acosados por periodistas se escabullían, no querían contestar preguntas para las que no tenían respuestas.

Hasta el momento nadie había pedido dinero por el rescate. Los padres de los otros niños, contrataron un detective experto en encontrar personas secuestradas. El agente empezó a interrogar a cada niño del aula de sexto grado. Elvis dijo que estaba seguro de que la idea había sido de los Waterloo, conocía su sed de aventura y no había duda de que regresarían solos. Jaidev mintió y dijo no saber nada. Rompió su código ético porque consideraba que las consecuencias negativas por mentir serían menores que las consecuencias por decir la verdad. Marna no podía ni hablar, lloraba desconsoladamente, temía perder a su hermano y a su mejor amiga.

Los periodistas escribían sobre la irresponsabilidad de los padres al dejar a sus hijos en manos de empleados. La señora De La Fuente se encerró a dormir bajo los efectos de los calmantes, el señor De La Fuente no dejaba solo al detective que después de entrevistar a cada estudiante de la escuela, seguía igual de ignorante del paradero de los niños.

Fedro y Josh se encontraron en la entrada del bosque, hasta ese momento Fedro reconoció a su hermano y le preguntó: —¿Qué haces aquí? Josh lo abrazó y respondió: —Es mi hija Aimar, se ha internado en el bosque desde ayer y no ha regresado he venido a buscarla, Fedro respondió rápido y seguro: —Vamos, yo sé dónde está. Eran ya las seis y media de la tarde cuando entraron al bosque.

Cuando Jaidev regresó a su casa, se sentó pensativo y preocupado. Recordó que la noche anterior en un sueño había visto a sus amigos ser arrastrados por un enorme tornado, los veía girar en el cielo, tomados de la mano gritando, Ayúdennos, Jaidev, ayúdennos. El sueño había despertado un sentido de culpa que no podía soportar, llamó al detective privado y confesó todo lo que sabía, el detective, el señor De La Fuente y Arnold Waterloo salieron hacia el bosque.

El encuentro

La tormenta había continuado hasta muy entrada la tarde, Ramia le pidió a Pedro que repitiera, con más detalle, todo lo que había pasado en la casa, Pedro repitió todo lo que ya había contado y agregó cosas de poca importancia que no aportaron mucho: como los colores de la ropa, el tamaño de las metralletas y la cantidad de veces que gritaban algo. Luna y Mi´ja escuchaban atentas. Los otros; Garrapata y Brisa ponían atención a la narración de Pedro. Cuándo Pedro terminó, Ramia miró a Luna y esperó. —Mi´ja dice que tú ya sabes lo que tienes que hacer. Entonces Ramia dio la orden: —Vamos a bajar todos, una vez que estemos frente a ellos, nos vamos a mantener juntos, no vamos a hablar, no nos vamos a mover y nunca, jamás vamos a atacar, solo nos defenderemos si somos atacados, estaremos ahí como estatuas. Ya sabemos que los más agresivos son los gemelos, de ellos se encargarán Garrapata y Pedro, de la bruja y la ninja nos encargaremos Brisa y yo, tú Luna te mantienes alejada, debes proteger a Mi´ja.

Cuando llegaron cerca de la casa, no notaron movimiento, una línea de humo salía del techo, los intrusos habían puesto las metralletas en una esquina y se disponían a comer, afuera los Hermanos del Bosque se acercaron más, en silencio como planeado. Frank salió a buscar un par de ramas secas para poner en el fogón y los Hermanos del Bosque se escondieron entre los matorrales. Frank buscó un poco, no encontró leña y volvió a entrar, llamó a Freud: —Creo que el prófugo ha regresado con refuerzos, están afuera, los he visto pero ellos no saben que los vi y se escondieron. Freud llamó a Valeria y Harriete. Los cuatro cuchichearon, luego se separaron y salieron. Afuera encontraron a los Hermanos del Bosque en un semicírculo a unos metros de la puerta. —¿Qué quieren? —preguntó Frank. —No hubo respuesta. —¿Qué buscan? —preguntó Freud. El silencio continuó. Entonces Freud gritó:

—Plan B. Los intrusos corrieron hacia los Hermanos del Bosque gritando: —Don´t move, Go down on the floor, Harriete con su varita y Valeria dando volteretas, venían dispuestos a atacar. Guillermo, Ramia, Pito y Enrique III salieron con las metralletas, disparando ráfagas y gritando: —Deténganse, no toquen a nadie. Los Waterloo, Harriete y Valeria corrieron hacia ellos gritando enfurecidos sin ser afectados por las balas, los Waterloo les quitaron las metralletas, las tiraron a un lado y empezaron a pelear cuerpo a cuerpo con Guillermo y Pito. Aimar forcejeó con Harriete y Valeria. Aquello se volvió una batalla campal, Pedro y Garrapata, desobedeciendo la orden de Ramia vinieron a ayudarles, la encarnizada pelea no duró mucho y terminó a favor de los Hermanos del Bosque. En el suelo amarrados con los mismos mecates quedaron boca abajo los Waterloo, Harriete y Valeria. Guillermo preguntó: —Por qué no les hicieron daño las balas. Los Waterloo dijeron riendo a carcajadas: —Porque son de utilería, las trajimos de California, son de las que usan en el cine. Ramia, Luna y Mi´ja se acercaron y cuando estaban a unos pocos pasos pudieron ver el asombroso parecido entre Aimar y Ramia, ellas se vieron en silencio, se acercaron más, como dos imanes que no tienen otra alternativa que obedecer a la fuerza que les pide

178

unirse y se abrazaron, Luna, Garrapata, Pedro, Pito y Brisa empezaron a contar, Uno, dos, tres, cuatro, cinco, hasta llegar a veinte, veinte segundos, lapso en el que Ramia experimentó lo que Aimar había vivido y Aimar vivió todo lo que Ramia había sentido, sin necesidad de comprenderlo, se volvieron una sola mente y lloraron como las Kinnaras tristes por los años de separación, ignorantes de su destino.

Todos, sentados en un círculo, iniciaron una conversación. Ramia en el centro con Aimar a su lado dijo: —Hay muchas preguntas, unas fáciles y otras difíciles de contestar, vamos a empezar por las menos complicadas. Es importante saber por qué han venido. Guillermo habló: —Yo vivía muy aburrido, leía mucho y eso me distraía, me hacía falta algo, conocí a Aimar y un destello de felicidad inundó mi cuerpo, fue mi primera gran emoción. Cuando Ivanov me llevó a la ciudad y entré a la Catedral de Nuestra Señora de la Compasión, supe que la vida era algo más que un baño con nubes, una limosina y una buena comida. La aparición de Ramia en la catedral, el misterio de las dos niñas exactamente iguales despertó incógnitas que necesitaba resolver, nunca dije nada a nadie, quería resolverlo solo, temía que estropearan el misterio. La desaparición de los gemelos con Enrique III me demostró que todo estaba relacionado, por eso me propuse averiguar y darle seguimiento al secreto. Quería conocer otro mundo, tal vez no necesariamente mejor, pero diferente. El resto ustedes ya lo saben. Frank dijo: —En California jugamos un juego en el que nos transformamos en otro personaje y vivimos aventuras llenas de fuertes emociones. Cuando encontramos la primera vez la casa del bosque, nos inyectó de emoción y la confección del plan para regresar, mantener el secreto, tener cómplices, mentir, buscar herramientas a escondidas, construir una historia ficticia para nutrir nuestra propia ficción era muy emocionante, era como vivir una película de las que hace papá. Y cuando vimos la casa bajo la lluvia y el humo saliendo por el techo nos trasformamos en mercenarios, logramos convencer a Harriete de que realmente era una bruja y Valeria encontró divertidísimo sentirse mujer Ninja. Tocamos la puerta y aquí estamos. Freud agregó: —Pedimos disculpas por los gritos, los golpes y haberlos amarrado, se nos fue la mano. Enrique III preguntó a Ramia: —Cómo es que ustedes han vivido solos, abandonados en este inmenso bosque, sin la ayuda de adultos. Yo viví con mi papá hasta hace un tiempo, él me enseñó a vivir con la naturaleza, a usarla para sobrevivir sin hacerle daño, reglas simples y generales pero muy efectivas. Un día se fue y no regresó, yo salí a buscarlo a la ciudad, en vez de encontrarlo a él encontré a Luna, Brisa, Pedro, Pito y Garrapata, los traje conmigo y hemos vivido, en armonía, al menos hasta hoy. Luna se puso de pie, Mi'ja dice que ustedes deben regresar a sus casas, sus padres deben estar muy preocupados por su desaparición. Garrapata preguntó: —Por qué son ustedes iguales. Eso nos preguntamos todos dijo Pedro.

En la puerta de la casa se escuchó la voz de Fedro Artemisa que dijo: —Son hermanas, gemelas idénticas, nacieron en esta casa, su madre se llamaba Estrella, murió unas semanas después de nacidas. Yo había visto los rótulos de El Gran Teatro de Oklahoma y sabía que Josh, trabajaba ahí como payaso, recordaba que él era muy bueno, cuando me enojaba con papá, él venía y me calmaba, entonces, pensé que él podría cuidarlas mejor que yo, no le pregunté ni le dije nada porque tenía miedo que las rechazara, se las llevé y cuando estaba a punto de irme sentí una terrible soledad y supe que no iba a poder vivir sin ellas, entonces tomé a la que llamé Ramia y regresé con ella al bosque, Aimar creció con Josh y Ramia creció conmigo. Fedro abrazó a sus hijas, Aimar tomó a Josh de la mano y los cuatro se abrazaron. Luna, Pito, Brisa y Garrapata empezaron a contar uno, dos, tres, cuatro, cinco hasta llegar a veinte. Al terminar, el señor De La Fuente, Arnold Waterloo y el detective entraron con un grupo de soldados que con armas de fuego sin hacer preguntas ni dejarlos hablar, los llevaron a la ciudad. Mi'ja tenía razón.

Escándalo público

Llegaron a la ciudad casi a las diez de la noche, muchos periodistas los esperaban con cámaras de foto y video. Lusmilda, Ivanov, Jaidev y Elvis venían detrás de la multitud, el tumulto era ensordecedor, todos preguntaban, la policía trataba de establecer orden sin lograrlo. En el momento en que, junto a los niños perdidos, aparecieron otros niños desconocidos hasta ahora, la conmoción fue general. La policía hizo una doble fila con una cuerda para que nadie se acercara. Husaim Talib, Fedro y Josh bajaron también del bus y entraron de último al edificio donde los periodistas seguían preguntando qué había pasado. Fedro explicó su parte de la historia alrededor de Aimar y Ramia, Josh contó la parte en la que encontró a Aimar y su odisea para adoptarla y Husaim Talib habló de su relación con Guillermo y su interés por conocer la razón de la existencia de dos niñas idénticas.

Arnold Waterloo y Anlica Hadson repetían que sus hijos estaban perfectamente entrenados en deportes extremos y que estaban seguros de que no corrieron ningún peligro. El señor y la señora De La Fuente dijeron estar sorprendidos por el comportamiento de Guillermo, siempre había sido un niño muy obediente.

Los niños respondieron a cada pregunta: —Hace cuánto tiempo viven en el bosque. —No lo sabemos, nunca llevamos la cuenta del tiempo. —Cómo lograban sobrevivir, qué comían. —Frutas, raíces, hojas y flores, pescábamos en el río y poníamos trampas. Dónde están sus padres. Mi padre era alcohólico y me maltrataba, me fui de la casa a vivir a la calle. Un día mi mamá dijo: —No te puedo cuidar más, tienes que ir a las calles a buscar comida, nunca más la volví a ver. Pito y Pedro eran hermanos y habían vivido tanto tiempo en la calle que no recordaban a sus padres. —Qué hacían cuando se enfermaban. —Comíamos tilapias y miel de abeja que sacábamos directamente del panal, para el estómago, tierra arcillosa, la mayoría de las veces, no hacíamos nada, esperábamos que el cuerpo se curara solo. Nunca tuvimos miedo a morir, veíamos la muerte todos los días a nuestro alrededor.

Berenice Pined, una periodista joven, inteligente, muy atrevida y crítica de la función del Concejo Superior Mundial tomó el micrófono. El Concejo Superior Mundial ha dicho reiteradamente que la pobreza ha desaparecido en nuestra sociedad, que la niñez está bien protegida en todo el mundo, que la responsabilidad de la patria potestad está asegurada por los gobiernos, sin embargo, hoy tenemos frente a nosotros a un grupo de niños que ha vivido en extrema pobreza y total abandono.

—Señor De La Fuente, Cómo explica usted ésta situación. El Señor De La Fuente tomó el micrófono despacio y con cuidado para responder a tan comprometedora pregunta y se aclaró la garganta nervioso: —Hemos hecho todo lo posible para cumplir con la promesa de cero abandono a los niños de nuestra sociedad, también existen puntos de vista equivocados que son la raíz de un problema que cada vez es más grave, lo que hoy vemos como un triste malentendido mañana será la soga con la que la humanidad se colgará de una columna de humo y caerá en un ciénaga de desechos químicos. Berenice Pined gritó: —Todo suena como un discurso demagógico, lindo cuando está escrito en un informe y se lee a las Naciones Unidas del Concejo Superior Mundial, es harto conocido el hecho de que lo que se dice y se informa pero está muy lejos de la verdad, todo ese asunto de la erradicación de la pobreza y de la defensa de la niñez ha sido el trapito de dominguear del Concejo Superior Mundial, vea frente a usted una situación real, un grupo de niños abandonados por sus padres poderosos y millonarios, dejados en una escuela que tiene en su historia la muerte de varios niños y niñas que se ahogaron en la laguna y estos niños que hace dos días desaparecieron para buscar entretenimiento y aventura para salir de una vida aburrida y monótona, aparecieron acompañados de otros seis que han vivido abandonados bajo las inclemencias de la naturaleza que por suerte no han muerto de inanición o devorados por una fiera salvaje. Puede usted señor De La Fuente negar que hace ocho años usted ha estado en Tailandia con su esposa y durante ese tiempo no ha visto a sus hijos.

De La Fuente se puso rojo de vergüenza, se levantó y también gritó golpeando la mesa: —El trabajo que mi esposa y yo hemos hecho en Tailandia merece ese sacrificio, hemos beneficiado a miles de gentes pobres, hemos salvado a miles de niños del trabajo de esclavo, en África, en China, en Indonesia, en Vietnam y en Sur América, además, no es de su incumbencia lo que decidamos hacer con nuestra familia para lograr objetivos más altruistas y humanitarios, es un asunto privado. Algunas personas empezaron a aplaudir, pero tuvieron que detenerse porque Lusmilda venía gritando entre la gente: —Pido la palabra, pido la palabra. Los periodistas nunca la habían visto y se preguntaban quién era aquella mujer que pedía la palabra de forma tan categórica. Las luces de los técnicos y los camarógrafos se volvieron hacia ella y la siguieron en el pasillo central que los presentes fueron abriendo para dejarla pasar, traía un vestido de una tela gris amarillenta, como de color madera, no parecía la Lusmilda que Guillermo y Marna conocían, los señores De La Fuente también se sorprendieron al verla tan cambiada, se había convertido en una pequeña mujer, delgada, los grandes pechos y su gran trasero que la caracterizaban, eran ahora pequeños y su cabello antes negro y ensortijado era ahora rubio, opaco y liso, solo el moño estilo bonete, la forma de su cara y su acento al hablar la identificaban como la Lusmilda que cuidaba a Guillermo y Marna. Venía muy molesta por la injusticia que se estaba cometiendo, se veía sufrir. Nadie le había impuesto ni ahora ni nunca la obligación que se autoimpuso tantos años atrás. Había sido amorosa, sin embargo, ahora inundada por la ira parecía que toda la vida había fingido ese amor, parecía que venía a vengarse de la tortura de haber tenido que cuidar a Guillermo y Marna. La mujer fuerte, estaba ahora doblegada por una pasión, una incomodidad, parecía que renqueaba al caminar. Todos en la sala la veían boquiabiertos, llegó hasta el frente donde había un podio con varios micrófonos, miró a su alrededor para asegurarse de que tenía la atención de todos, bajó la intensidad de su actitud y habló un poco más calmada: —Quiénes de los aquí presentes viven una vida como piensan que deben vivirla, los códigos morales, los mandamientos religiosos y sociales nos exigen un comportamiento ético y correcto, sin embargo nunca nos dicen como vencer los miedos y las emociones, como cambiar los impulsos y los hábitos perniciosos. Hizo una pausa y miró directamente a los De La Fuente a quienes no había visto desde que llegaron, luego continuó—, llegué a este país empujada por la necesidad, expulsada de mi país por la pobreza y las constantes y sangrientas dictaduras, sacrifiqué mi propia vida social y sentimental y dejé a mi madre sola con mi hermana menor, paralítica, yo sé que todos sacrificamos algo, que nadie lo puede tener todo y que en ese trayecto desde el día que nacemos hasta el último día de nuestras vidas, tomamos decisiones que nos llevan a lugares de donde no podemos regresar, con consecuencias que tenemos que asumir. Debo confesar que entre Guillermo, Marna y yo siempre hubo una relación muy lejana, yo permanecía constantemente irritada, y sé que eso los molestaba ellos, mejor dicho todos permitíamos que la irritación nos hiciera sufrir, había noches en las que me despertaba pálida e insomne, torturada por dolores de cabeza y me levantaba casi incapaz de trabajar, yo sabía que la causa de mis torturas, era siempre la renovada irritación. Guillermo pensaba que yo fingía y nunca decía nada, supongo que tenía suficiente con los problemas de su propio abandono y sus propios demonios. No crean por lo que digo, que soy una persona inútil, las tribulaciones, las dictaduras patriarcales a las que fui sometida me hicieron fuerte, y no quiero vanagloriarme y menos aún en esta circunstancia en las que todos somos culpables. Señores De La Fuente, no sé si agradecerles o maldecirlos por entregarme la responsabilidad de criar a sus hijos, solo sé decirles que el momento ha terminado, la vida me ha premiado a estas horas, menopáusica y virgen, he encontrado al hombre de mi vida, Señaló a Ivanov con la mirada, tan ávido de ser amado, como capaz de amar, hace unas semanas vivimos el amor con una intensidad que nunca vi, ni en mi propia familia, ni en ninguna otra parte, nos vamos a casar y nos iremos a Rusia. Adoptaremos cinco, seis o siete niños abandonados y les daremos el amor que les ha sido negado por sus propios padres. La multitud estalló en aplausos. Los niños se mantenían en silencio, escuchaban atentos. Lusmilda se acercó a Guillermo y Marna y los abrazó, los niños del bosque empezaron a contar, uno, dos, tres, cuatro, cinco hasta llegar a veinte. Después del abrazo Lusmilda sonrió: —Perdónenme, hubiera querido ser más amable pero mi ignorancia no me lo permite, sean felices. Luego fue a donde Ivanov y tomados de la mano salieron del recinto.

La señora De La Fuente se paró frente al podio, los periodistas trasmitían la conferencia de prensa en directo, ella dijo:

—Podría pensarse que ellos y el pueblo en general son incapaces de cumplir con esos deberes paternales, en realidad los han desempeñado de forma ejemplar. Ahora ha llegado el momento en el que tenemos que actuar nosotros, que hacemos las leyes, debemos tomar decisiones para canalizar el futuro de estos niños, los nuestros y los pequeños abandonados en el Bosque Esmeralda. Estos niños que ya han entrado en la pre adolescencia y que inevitablemente serán adultos, nos están dando la oportunidad de ayudarlos, de encarrilarlos en la sociedad civilizada con reglas, con guías de conducta, con mandamientos y con castigos para los que no obedecen esas leyes. Estos niños no han conocido la niñez y hay que reconocer ese derecho y velar por su cumplimiento. Ahora aparecen personas exigiendo que se les garantice una libertad y un respeto especiales, su derecho a un poco de despreocupación, a un poco de insensatez y de retozo, a un poco de juego, no hay nada que merezca más ser aprobado. Los territorios en los que, por razones diversas, tenemos que vivir dispersos, son demasiado extensos, nuestros enemigos demasiado numerosos, los peligros que nos amenazan demasiado imprevisibles, no podemos mantener a nuestros hijos alejados de la lucha por la vida, si lo hiciéramos, supondría su final. Hoy son estos niños, mañana serán otros, nuevos rostros infantiles que vienen agolpándose detrás de ellos, indiferenciables en su número y su prisa, rosados de felicidad. Y aunque nuestra alegría no pueda tener toda la fuerza que quisiéramos para liberar de las ataduras a todos los niños abandonados del mundo, debemos seguir intentándolo. A estos seis niños, Hermanos del Bosque Esmeralda, los vamos a educar, van a vivir todo lo que se les fue negado y van a ser felices, ésta es una promesa que los miembros del Concejo Superior Mundial hemos hecho y no vamos a romper bajo ninguna circunstancia.

El desfile

Ramia, Garrapata, Pedro, Pito y Luna se levantaron y salieron del recinto sin decir palabra, detrás de ellos también salieron Guillermo, Enrique III, Harriete, Aimar, Jaidev, Elvis y los Gemelos Waterloo, no aprobaron ni rechazaron la supuesta orden del Concejo Superior Mundial, nadie los detuvo porque no sabían por qué detenerlos. Al llegar a la calle Josh, Fedro y Husaim Talib corrieron a alcanzarlos.

Las cámaras trasmitían en directo la salida de los niños, la gente de la ciudad empezó a salir de sus casas para conocerlos en persona. La caravana de gente y la turba de curiosos se transformó en un desfile, de todas partes aparecieron payasos amigos de Josh, malabaristas, gimnastas, traga espadas, lanzallamas y al cruzar una esquina apareció una banda con trompetas, trombones, tubas, flautas, liras, redoblantes y bombos. El desfile creció y creció hasta cubrir varios cientos de metros, al frente del desfile Aimar y Ramia, Guillermo, Garrapata, Pito y Luna, Brisa y los Waterloo, detrás de ellos Fedro, Josh y Husaim Talib. Muy atrás, venían confundidos sin saber qué hacer, los señores De La Fuente, Arnold Waterloo y los padres de Harriete y Valeria, el éxodo de los niños los había tomado por sorpresa y trataban de alcanzarlos.

Los niños detuvieron un bus y ordenaron al chofer que los llevara a la entrada del Bosque Esmeralda, el chofer, que venía oyendo todas las noticias por la radio, los reconoció, los felicitó por su valor y capacidad para defender sus derechos, por enfrentar a una autoridad ausente, que desde Tailandia quería decidir por ellos. Las gemelas Artemisa lideraban a los diecisiete niños, llegaron a la entrada del bosque y se internaron. La muchedumbre se detuvo en la entrada, muchos que aún mantenían los temores infundados sobre los peligros del lugar, regresaron a sus casas a seguir viendo las noticias que todavía hablaban del éxodo.

Husaim Talib, Josh y Fedro entraron detrás de los niños que al llegar a la Laguna Negra se sentaron en un círculo. La reunión apenas empezaba cuando escucharon un murmullo lejano en el cielo, alzaron sus miradas y vieron un enjambre de helicópteros que se detenían sobre ellos, ahí se dieron cuenta de que el Concejo Superior Mundial no podía permitir que un grupo de niños retara su autoridad, eran cuadrillas de rescate que, agarrados de cuerdas, empezaron a bajar y tomaron a los niños sin darles oportunidad de defenderse y los llevaron de vuelta a la ciudad donde los encerraron en un edificio, incomunicados y privados de libertad por desobediencia.

El juicio

La Operación Rescate, como la llamó el gobierno, era secreta, había sido planeada y ejecutada en círculos de poder muy altos que manejaban la información clasificada como de máxima seguridad.

Fedro, Josh y Hussaim vieron los helicópteros bajar y llevarse a los diecisiete niños, Se mantuvieron escondidos entre los arbustos y esperaron a que desaparecieran para elaborar un plan de acción.

Husaim Talib invitó a Berenice Pined a una reunión con Josh y Fedro, ella de inmediato vino con su fotógrafo. Se reunieron en el Gran Teatro de Oklahoma, ahí también estaban Brunelda la mujer gorda, el artista del hambre, el trapecista deprimido, Josefina la cantante, Gregorio el insecto, el mago, los contorsionistas y los payasos. A puerta cerrada se sentaron en la gradería, Husaim Talib tomó la palabra. El estado mundial de cosas, el grado de contaminación, de sobrepoblación, de violencia y de caos que reina en la tierra demuestra con hechos y no con palabras que los adultos hemos fallado, el mundo ha dejado de ser un lugar seguro para convertirse en una jaula en la que algunos, solo reciben comida encerrados como animales. Todos conocemos lo que ha pasado en las últimas cuarenta y ocho horas en relación a Aimar, su hermana Raima, Guillermo y los niños del Bosque Esmeralda, ellos decidieron qué hacer con sus vidas y caminaron rumbo al lugar que ha sido su hogar por muchos años. El Concejo Superior Mundial no aprobó esa decisión y aplicaron una ley que hoy ha dejado de ser válida. En este momento dieciséis niños están encerrados en un edificio del Centro Correccional, no sabemos si sus mentes están siendo violentadas por psicólogos, si les están administrando sustancias adictivas para corregir, según ellos, los malos hábitos e ideas equivocadas que puedan tener. Necesitamos detener esa injusticia. El artista del hambre, pálido, huesudo y desnutrido hizo un esfuerzo para levantarse: —Yo puedo enseñar a todos como dejar de comer y hacer una huelga de hambre hasta que se haga justicia, Berenice lo apoyó. Vamos a hacer saber nuestro sentir y demostrarle al Concejo Superior Mundial que se está equivocando. Creo que podemos usar tu arte para que esos niños sean libres en la forma en la que ellos quieren ser libres porque creemos en su sentido de verdad y en su sabiduría. No podemos cambiar las leyes pero toda ley tiene su excepción, no podemos usar la fuerza puesto que eso sería contrario a la libertad y búsqueda de paz que estamos respaldando, lo que sí podemos hacer es caminar pacíficamente hasta el edificio del Centro Correccional, sentarnos sin comer hasta que se respeten sus decisiones, se escuchen sus demandas y se cumpla su deseo de vivir libres e independientes en el bosque.

El mensaje íntegro fue trasmitido por el canal de televisión del que Berenice era corresponsal, la ciudad entera, los niños de todas las escuelas, sus padres y familiares poco a poco se fueron acercando al enorme parque frente al edificio del Centro Correccional, eran miles de personas en silencio, sosteniendo carteles que decían, "Libertad para los niños abandonados del bosque", "Libertad para vivir en paz y armonía", "No comeremos hasta que se liberen los niños del bosque", mensajes de solidaridad que los niños cautivos podían ver desde sus ventanas en los pisos superiores del edificio.

En la ciudad, los señores De La Fuente eran los representantes del Concejo Superior Mundial encargados de ejecutar la ley, ellos habían dado la orden de rescatar a los niños del Bosque, sintieron la presión, vieron el mar de gente, la inutilidad de sus esfuerzos y llamaron a Berenice, ella les dijo: —Los niños deben salir de ahí inmediatamente, deben ser escuchados y sus peticiones deben ser analizadas por un jurado imparcial. El asunto se había salido de sus manos, se había extendido desde una pequeña ciudad desconocida en un minúsculo país de América Latina hasta el mundo entero, de Canadá a la Argentina, de Portugal a Rusia, en Asia y Oceanía la conocían como célebre por el comportamiento de unos pocos niños abandonados que exigían tomar su destino en sus manos. Los De La Fuente no sabían que hacer y llamaron a Tailandia, estamos acorralados, el Artista del Hambre que dirige la huelga es un experto, toda su vida había ayunado por placer, sabe lo que hace, hoy tiene una razón que está fuera de su propio interés y eso le da una fuerza mucho mayor a su arte, los millones de personas que en este momento no comen, no solo ponen en peligro su salud sino que ponen en peligro la economía del mundo. El presidente del Concejo Superior Mundial inseguro dijo, Liberen a esos niños frente a las cámaras de televisión.

Las puertas de las celdas del Centro de Corrección se abrieron, Husaim Talib, Fedro y Josh los recibieron en la entrada principal de edificio. Berenice y su camarógrafo grabaron el encuentro con los abrazos de veinte segundos. Se improvisó ahí mismo una nueva conferencia de prensa, los periodistas irrumpieron con preguntas: —Qué es lo que realmente quieren ustedes.

Consideran que la situación de abandono que ustedes vivieron fue mejor que una vida de sobreprotección, consideran que el futuro debe ser un asunto de cada uno y no debe ser impuesto por el Concejo Superior Mundial, Bajo que reglas, normas o leyes piensan vivir si se les deja en sus manos su destino, Tendrán un líder, cómo lo van a elegir. Las preguntas parecían no terminar y Berenice tuvo que intervenir. Los niños necesitan descansar y salir del pánico que les han provocado los helicópteros, el rapto y el encierro.

Luna se levantó y dijo: —Mi´ja dice que no necesitamos responder a ninguna de sus preguntas porque es un hecho comprobado que hasta el día de hoy, hemos solucionado problemas, hemos compartido todo, nos hemos defendido de peligros, nos hemos apoyado mutuamente, hemos crecido como hermanos y hermanas, hemos sabido vivir. Las gemelas Artemisa se pusieron de pie: —Espíritu es una palabra, solo eso, una palabra que no es necesario conocerla porque, lo que nos mueve, lo que nos hace hablar, amar y servir no importa cómo se llame, lo importante son los hechos, las acciones, la comunicación para amar y servir. Y qué significa amar y servir. Es preocuparse por el dolor de otro, compartir ese dolor para aliviar la carga, hacer todo lo que esté a nuestro alcance para evitar y aliviar el sufrimiento de un individuo o de una sociedad. Luna, se les acercó: —Mi´ja dice que es necesario abrazarse, no como un acto mecánico, debemos unir nuestros pechos para sentir nuestros corazones latir al unísono, el abrazo debe durar veinte segundos y al terminar debemos vernos a los ojos y sonreír mientras trasmitimos deseos de bienestar.

El señor y la señora De La Fuente, el presidente del Concejo Superior Mundial y todos los ochenta miembros del concejo estaban viendo la trasmisión de la conferencia de prensa en Tailandia y siguiendo el consejo de Luna, se abrazaron por veinte segundos. El presidente tomó el teléfono, llamó a los De La Fuente y les dijo riendo: —Esos niños son más sabios que nosotros, mándenlos para Tailandia a dirigir el mundo, es una broma que bien podría ser verdad, que vivan en su bosque, que sean felices como lo han sido hasta ahora. Los diecisiete niños fueron despedidos por una banda mientras el Artista del Hambre se comía una galleta. Brunelda reía a carcajadas y Josefina cantando envolvía a todos en un ambiente mágico y seductor que hacía perfecta armonía con la felicidad del momento.

Trajeron un bus para llevarlos a la entrada del Bosque Esmeralda, cuando Guillermo iba a subir, su padre y su madre se le acercaron: —No te puedes ir, no te lo podemos permitir, Guillermo los miró unos segundos antes de contestar: —Tengo Cuatro Mil Días, la ley dice que puedo decidir por mi mismo y he decidido dejar la ciencia, la tecnología, el desarrollo, el progreso y el bienestar artificial para vivir una vida sencilla, tal vez complicada en términos de sobrevivencia pero lo que he visto en la comunidad del Bosque Esmeralda nunca lo vi ni en ustedes ni en La Escuela de El Mundo.

Los niños fueron llevados a la entrada del Bosque Esmeralda, Guillermo, Aimar, Ramia, Enrique III, Frank y Freud Waterloo, Harriete, Valeria, Luna, Brisa, Garraparta, Pito, Pedro, Jaidev, Elvis y Marna entraron sin volver a ver atrás. Esa noche, en la comunidad alrededor de la Laguna Negra encendieron una enorme hoguera que iluminaba sus corazones. Berenice que trasmitía el suceso histórico en directo al mundo entero, dio la orden de apagar la cámara y se fue.

Nunca más se volvió a saber nada de ellos.

Contenido